瞌睡先生

〔日〕伊集院静 著
赵仲明 译

南海出版公司

新经典文化股份有限公司
www.readinglife.com
出 品

那人
如果你发现他在熟睡
请务必对他温柔一些
因为那人
是我们最敬爱的老师

目录

1	初 识
18	左门町
28	青 山
47	神乐坂
62	一 宫
89	松 山
147	防 府
161	成 城
177	浅 草
214	立 川
222	弥 彦
248	青 森
256	新 宿
260	香港·九龙

初 识

苏联发生切尔诺贝利核电站事故那年冬天,一个晚上,我独自走在六本木的大街上。

色泽如肌肤般的月亮高挂在东京塔后面,时隐时现。

我从口袋里取出纸条,上面写着K前辈告诉我的见面地点。穿过鸟居坂的十字路口,便见到了那栋楼。

从螺旋式楼梯一上到三楼就是酒馆的门。我推门进去,K前辈坐在吧台的一角。

"在这儿。"K前辈笑着向我轻轻招手。

"对不起,我迟到了⋯⋯"

"我也才到。"

我在K前辈身边坐下,拿起酒杯喝了起来。

调酒师身后是一面很大的玻璃窗,那里也挂着一轮明月。

"昨天我去听爵士乐了,朋友说听爵士乐会增加胆量。"

"哦?"

"其实也没那么夸张。"

K前辈笑了起来,点上烟。

一缕青烟飘起，和窗户上的月亮重叠在一起。

"最近怎么样？还是四处游荡？"

K前辈知道我在各地的赌场出没。

"差不多吧。四处游荡……不过，也不知道要干什么……"

我新婚不久，妻子便去世了，回到老家独居。K前辈时常给我打电话，并关照说来东京一定要找他。

来东京后，我得到了他很多帮助。我没有住处，他有时让我住在他家里，有时给他在旅馆工作的朋友打电话，为我介绍住处。

K前辈的家人十分热情，住下后第二天一大早，他可爱的侄女便为我准备好了早餐。我就这样尽情享受着来自K前辈的"宠爱"，既不工作，还四处闲逛。

K前辈又要了威士忌，点燃一支烟。过了不久，他开口了。

"你差不多该回东京了吧。"

"是，我也觉得。"

"我想介绍个人给你认识。"

K前辈说要介绍人给我认识，还是头一回。

"一个非常热情的人，可爱极了。"

说到这里，K前辈的眼神变得非常柔和。

这天夜里，我和K前辈在六本木一带先后去了两家酒馆，然后分手了。

过了元旦，我在老家收到K前辈的来信。信中的字体十分工整，字里行间充满了对我眼下放浪生活的担忧，他甚至还很幽默地画了一幅我四处闲逛的画。画画本来就是他的职业。他劝我去东京，并在信的最后补充了一句：

"我一定要介绍你认识一个人。"

二月中旬，我离开老家，在关西地区转了一圈，又去岐阜、松阪稍许逗留了几天，三月初抵达了东京。

我在浅草的旅馆里给 K 前辈打电话，他问我，晚上有空吗？他的声音听上去与往日不一样，非常兴奋。

我们约好在四谷的酒馆见面。一进酒馆，K 前辈便急不可耐地要了一杯威士忌，一口气喝了下去。走吧，他说着从座位上站起来。

在出租车上，K 前辈问我："你知道××××吧？"

我歪着脑袋开始寻思。

"就是那个写×××的作家。"

"啊，想起来了，听说过名字，但没读过他的作品……"

"如果我说他是写过×××××的×××××，你一定知道吧？"

"那人太熟悉了。"

"同一个人。"

"啊？还有这事儿？"

这个名字，喜欢打麻将的人多半都知道。深夜电视节目中以前有一档叫"麻将之神"的节目，我也见过他在电视上打麻将。只是，我并不知道这人是干什么的，他给人的总体印象是个麻将高手，可是现在我连他的长相都想不起来了。

"我想介绍他给你认识。"

K 前辈的声调有点亢奋。他之前说想介绍我认识的原来就是这个人。

位于新宿小巷子里的酒馆，小到十几个顾客就将它挤得满满的。K 前辈一走进店门，便迫不及待地向里面张望。

"他在，他在！"他兴奋地说。

酒馆最里面只放着一张桌子。我们避让着吧台前坐的顾客往里走。

只见那人耷拉着脑袋,双目紧闭。他的腹部像婴儿肚子似的隆起来,两手端端正正地放在上面。手看上去也像婴儿的那样肥嘟嘟的。

爵士乐队正在表演,音乐激越,震耳欲聋。

K前辈站在桌前,双手交抱在胸口,用很钦佩的口吻说道:"睡得真香……"

"K先生,喝什么?"吧台里的女人问道。

"喝什么?"K前辈看着我,"好久不见了,喝得尽兴点吧。"

他说了个特别高级的威士忌的名字。

"来两杯两盎司的。"

"今天怎么这么有兴致?"吧台里的女人笑着说。

K前辈和我各自接过酒杯,在桌子边坐下。

"这位是××××,这位是××××。"

K前辈嘴上说着两人的名字,开始替我们介绍起来。我不明白对着一个熟睡的人有什么好介绍的。

"他是不是很累?"我望着这位在如此喧闹的环境中竟然还能熟睡的人,问道。

"不是,他天生能睡。就像牙膏是白的、消防车是红的一样,他是睡觉的代名词。"

"哦……"

K前辈喝着威士忌,目不转睛地凝视着眼前这个人,似乎这是他的下酒菜。

这个人长着一颗大脑袋。由于耷拉着脑袋,头顶就在我眼前。他的头顶上一根头发也没有了,让人觉得这颗大得出奇的脑袋是人类之外的其他生物身上的一部分。

"头大得出奇……"K前辈笑着说。

我瞄了一眼K前辈的侧脸。我从没见过他如此兴奋的表情。

K前辈是真心喜欢这个人哪……

我也开始喜欢起眼前这个人的大脑袋、婴儿般可爱的肚子、颇有仪态地交叉在一起的手指来。

酒馆里的爵士乐换了一种节奏。店门口方向传来顾客争执的声音。吧台里的女人和其他客人却都没有反应。

大概是因为有了别人的争执声,我开始觉得这家酒馆太喧闹了。

令我奇怪的是,他在如此喧闹的地方依然酣睡如常。

K前辈凑近他的脸,噘起嘴唇,半开玩笑说:"这家伙还要睡多久?"

"别叫醒他。"女人说。

"我明白。"K前辈说着,举起喝空的杯子对我晃了几下。

我接过杯子站起来,向吧台里的女人要了第二杯酒。在我接过酒杯刚要坐回位子时,那人睁开了眼睛。

"您终于睡醒了?"K前辈凝视着他的脸。

那人眨巴了几下眼睛,似乎是为了让脑子清醒过来。他的眼睛很大。

他目不转睛地盯着K前辈看了一小会儿,然后扫视整个酒馆,脸上的表情好像在确认这里是什么地方。

他两只眼睛一眨不眨,目光停在了我的脸上,眉间的皱纹堆成一个"川"字,似乎在思考什么。

"这位是三郎君。您一定在想他是谁,想要记起他的名字。您不会想起来的,因为您是第一次见到他。"

听K前辈这么一说,那人轻轻歪了一下脑袋,又摇了两下。他似乎想表明"不,在哪里见过"。

"你们见过?"K前辈咬着下唇,一脸诧异地抬头望着我,手在我和那人之间指来指去。

"赌场?"K前辈高声说道。

"我是第一次和您见面。"

那人点了点头,似乎认可了我的话。

"喊,什么意思?点什么头?请别做些模棱两可的动作。我来介绍一下吧。这位是三郎君。这位是××××。"

"幸会!"

我躬身行了个礼,那人有点不好意思地点头回礼。

"三郎君,别光站着,坐下吧。"

听K前辈这么一说,我坐了下来,那人的大眼睛开始打量我的脸。

他为什么这么看我?我有点不知所措。

他的视线从我身上移开,转向桌上盛着威士忌的酒杯。

他在想什么?

他肥嘟嘟的手伸向酒杯。K前辈在他的手上轻轻拍了一下。"那是我的威士忌呀。"

他看着K前辈。

"再怎么求我也不行,因为刚才您一直睡着。"

听K前辈这么一说,那人又歪了一下脑袋。

吧台里的女人迈着欢快的步子跑出来,在那人身边坐下,将手里拿着的水杯递过去。

"老师,您睡醒啦。早上好。喝口水吧。"

他两眼直勾勾地看着水杯。

"没有别的,就是水,请别用这种眼神看我。"女人用嗔怒的口吻说道。

那人拿起水杯，咕嘟咕嘟一口气喝了下去。

"水里有毒……"

女人话音刚落，那人猛地抓了几下胸口，脑袋耷拉下来，闭上了眼睛。

"啊哟，死啦？"女店主笑了起来。

"行了，行了，不要再睡啦。"K前辈也笑着说道。

坐在吧台前的男人们也一个个地围拢过来。

"你看你看，老师往生啦！"

"呵呵，您这是要临终吗？"

男人们围坐在那人身边，刚才在靠门口的座位上争执的两个人也坐了下来。

"你们这些家伙，回自己的座位去喝酒。"K前辈说道。

"那不行，好不容易等到老师醒来。"

听上去好像孩子们的对话。和K前辈搭话的是个戴圆框眼镜的男人，黑发中夹着白发，另外几个男人也和他差不多年纪。一伙老大不小的人，竟然对这么一个在酒馆里酣睡的奇怪老男人表现出莫大的兴趣，看来眼前这个装死的人有非同寻常的魅力。

"您最近为戏剧杂志写的浅草艺人的故事太棒了，了解那个时代的人差不多也只剩老师了。"

"没错没错，我也读了。您最近开始过正经八百的生活了吗？"

"这样闹他都不起，是不是又睡着了？"

听了这话，大家的目光齐刷刷地聚到他的脸上。

"呜——"

那人的口中发出了声音。

"瞧，他吠起来了。"戴圆框眼镜的男人说道。

"听着你们的赞美,老师哪好意思起来?"

女人开口道。那人握住女人的手,点了两三下头。

"你们看见了吧,只有我最懂老师。"

"你说什么呀,老师怎么会看上开酒馆的女人?"

"您这话太没礼貌了。"

"你们都给我一边儿待着去,我找老师有事,好不容易才找到这里。"K 前辈用很冲的口吻说。

大家开始很不情愿地散去,一个个脸上写着不满。

喊,说得好听。戴圆框眼镜的男人嘀咕着回到吧台边坐下。

大家散去后,那人睁开一只眼睛,冲 K 前辈笑了。K 前辈也露出了笑容。

"K 先生,我们走吧。"

那人终于开口了,声音很柔和。

买单,K 前辈嘴上叫着,站了起来。

见那人要起来,我赶紧起身。两人并排站着,他抬头仰视着我。

"不、不好意思。我太高了。"

"不用不好意思,这是好事儿。"

"啊……"

三人出了酒馆。身材矮小的 K 前辈和身材发福的老师说着话,走在前头。

"去哪里?"K 前辈问。

"嗯,肚子有点饿了。"

"这个时间吃东西会更胖的。"

"比饿死好。"

"夸张了。"

听着他们的一应一答,感觉很有默契。K前辈的语气显得很兴奋。

"前面有家很好吃的饺子店。"

"您不会光吃饺子就够了吧?"

"今晚够了,我可以对天发誓。而且也不会比现在更胖了。"

"又夸张了……"

K前辈正说着,老师一溜烟钻进了小巷子,我连他的脚步声都没听到。他的动作神速得犹如一阵风。

K前辈也赶紧拐进小巷子,我匆匆地紧随其后。狭窄的巷子里响起踩在窨井盖上的脚步声。

穿过小巷子就上了大马路,一右拐,便有些站街的女人在拉客。

两个站街女走上来搭话,K前辈一个劲儿说着"不要"、"不要",老师则低头自顾自往前走。

站街女的身影消失后,一个男人忽然从暗处冒了出来。

老师停下来,打量男人的脸,男人口齿不清地说着什么。老师让K前辈先走一步。K前辈向我招了招手,低声关照我注意两人的动向。我站到离他们数米远的地方,拿出一支烟叼在嘴上。

老师把钱递给男人,男人点头哈腰地鞠了几个躬,随后凑在老师耳边说了些什么,老师轻轻点了点头。他瞥了一眼站在远处观望的我,那个男人也看了我一眼。

我狠狠地瞪了男人一眼,我也不明白为什么会有这样的举动。

我们又穿过一条小巷子,拐过I百货公司的后门走到大马路上。这一带霓虹闪烁,人声鼎沸,热闹非凡。

此时,我看到了十分令人吃惊的一幕。

百货公司门前向西延伸的人行道上,挤满了如梭的人流,我只能和大家保持着相同节奏前行。我忽然发现走在前方的老师高大的身影，好似被人群吸进去了一般快速移动着。

怎么回事？我寻思。K前辈也加快了脚步，好和老师保持一致。可老师的背影渐行渐远。我想追上去，但身体不是撞到别人的肩膀就是撞到手臂，耳朵里不断传来别人的怒骂声：撞着我啦，干吗这么粗鲁！

我发现老师只要轻轻左右躲闪几下，便能自如地在人流中穿行，全然没有撞人的危险。

"什么情况？"

我目不转睛地紧盯着老师随时会被人群淹没的身影。

好不容易来到红灯前，眼看就要追上老师了，红灯瞬间转成了绿灯。

我开始仔细观察老师的行动。迎面而来的人流似乎都在给他让道，甚至在他走近面前行人的瞬间，前面的人也会自动给他让出空隙。

一会儿，K前辈跑了上去，但这个空隙立刻消失了，K前辈不停地擦碰着别人的身体，他时而点头道歉，时而回过头瞪别人一眼。

这种场面实在太奇特了，我不由得笑出声来。

我们终于赶到了人流不太多的人行道上，老师已经站在那里了。

我和K前辈向他走去。他站在电影院门口，指着后面的小巷子。

这家店的装潢有点像大排档，做亚洲风格的料理。斜柱上到处贴着被油烟熏黑的菜单。

K前辈向店员打听洗手间的位置。店员告诉他经过两家门店，有一个公用厕所。

K前辈上厕所去了，只剩下我和老师。老师两眼紧盯着桌面。

他在看什么呢？我寻思。顺着他的视线，我发现铅制烟灰缸的黑影里趴着一只小蜘蛛，它不停徘徊的样子很滑稽。

小蜘蛛爬到餐桌的中间，停了下来，但脚下还在一刻不停地小幅度划动。看来它在犹豫该往哪个方向爬。里面传来一声什么东西摔碎的响声，小蜘蛛噌的一下便从桌上消失了。

老师睁大眼睛注视着小蜘蛛的动静。我好像第一次见到成人如此专注地观察一只小虫子。

"吃拉面吧？"老师开口说道。

"好的。"

老师点了一碗拉面。K前辈回来了。

"太脏了，洗手间。"

K前辈把店员叫到跟前，要了饺子。

究竟该点几份饺子，老师和K前辈争执起来。

吃不下那么多吧；吃得下，这里的饺子很好吃；好吃和量没有关系；吃太饱了，再好吃的东西也咽不下去；就是好吃嘛……

此时，随着几声响，三碗拉面放到了桌上。

"这是什么？没点过呀。"K前辈问店员。

他望了一眼老师，然后把目光转向我。

我轻轻动了动小指，示意是老师要的。对不起，我对K前辈低下头。

"你真是靠不住。老师，为什么先点了拉面？吃饱了拉面，您还吃得下饺子吗？"

K前辈似乎很生气。

老师就像被家长训斥了的孩子，噘着嘴。突然，他从筷筒里抽出筷子，将离自己近的一碗拉面端到跟前，飞快地吃起来。我也开始吃。

"我的这份就交给你们了。"

K前辈开始慢悠悠地喝啤酒。

老师和我瓜分了K前辈的那份拉面。饺子到底还是剩了下来。

"不吃掉这些别想回家！"

K前辈说着，开始喝黄酒。

"是这道理，浪费是最大的犯罪，要受惩罚的。"

说着，老师也喝起黄酒来。

"刚才在小巷子里遇到的人，您认识吗？"K前辈换了话题。老师歪了下脑袋。

"这么说，您被敲诈了？"

"也不是，他说了一个我过去认识的人的名字……"

"说了个名字，您就给他钱？"

"他说他穷得过不下去了。"

"您受骗了吧？"

"我记得那个朋友的名字。"

"什么样的朋友？"

"我在和田组市场部时期的朋友。"

"那是多久以前的事啦……"

K前辈望着老师，一脸愤懑不平的表情，老师也是满脸怒气。

我觉察出气氛有些不对劲，便起身去了洗手间。

洗手间出奇地脏。我想消磨会儿时间，便靠在洗手间旁边的电线杆上点了一支烟。

前面一家酒馆传来打开大门的巨大声响，一个穿和服的女人从里面跑出来。

那女人好像光着脚。不一会儿,边上的洗手间里传出了女人的哭声。哭声听起来很伤心,持续了好一会儿。

我回到店里,老师和K前辈正开怀大笑。

K前辈笑得眼泪都流下来了。我留神一看,邻桌的顾客也在大笑,他和K前辈说了几句话,又笑了起来。他说的是中国话。

"怎么啦?"

"把饺子卖给他们了。"

"真的啊?"

"老师正说着吃不下饺子了,他们上来搭话,说老师很像他们一个朋友。"

我望了一眼老师,他不好意思地歪了歪头。

"难道中国人里有他这种长相的?!"K前辈感慨道。

邻桌的顾客听到这话,手指着老师说:"taijin①、taijin。"

"算什么大人②。不过,倒是挣了不少钱。"

K前辈用食指敲了敲餐桌上的一百元硬币。

"我们还是再吃点什么吧?"老师说。

"行啊,吃不下的可以再卖给他们。"

K前辈笑了起来,邻桌的中国人也跟着笑了。

那天晚上回家途中,老师对我说:"下次我们去玩竞轮③,或者麻将吧?"

"啊……"

他怎么知道我玩竞轮和打麻将?

---

①日语发音,"泰国人"之意。(本书无特殊说明,均为译注。)
②日语中"泰国人"和"大人"的发音均为"taijin"。
③日本传统的场地自行车赛的博彩活动,日语写作"竞轮"。

明白了,八成是 K 前辈告诉他的。
"比喝酒好玩呢。"老师说着,露出洁白的牙齿。我也冲他笑了。
"越早越好。"老师的语气很快活。

第二天,我去了关东北部,在那里转悠了两周。
在前桥时,老天出其不意地下起了大雪,我在那里逗留了两天。
由于已临近四月,下雪后四处道路不通,交通有点混乱①。大街上犹如覆盖着一层白布,只有河水在潺潺流动。
望着眼前河水不停流淌的光景,我生出一种难以名状的安心感。可与此同时,每天大部分时间里,我都沉浸在一种忐忑不安中,这种感觉和安心的程度不相上下,不,甚至有过之而无不及。有时它以焦躁、忧郁、恐惧等形式出现,最后变得十分暴戾,令人内心深感绝望。
无论怎么想,我都觉得自己丧失了做人的资格。
我离开前桥,又去了立川,在车站前的旅馆里住了两晚,去了那里的赛车场和麻将馆。
到了囊中羞涩的时候,我决定回到浅草的经济型旅馆。浅草有一家玩关西麻将的场馆,我进去瞄了一眼,很快找到几个可以玩到一块儿的牌友,便在那个麻将馆里待了三天三夜。
牌友散去后,热血沸腾的身体一下子瘫软下来。走出麻将馆时,正好是黄昏时分,我便直接步入了附近的一家酒馆。

两年半前,我终于和交往很长时间的女友结了婚。虽说结婚前没

---

①四月份是日本财政年度的第一个月,因此交通变得特别繁忙。

少吵架,但我还是痛下决心,打算洗心革面,为四处放浪的生活画上休止符。婚后不久,妻子便查出患上了癌症,按医生的说法"即使明天去世也不奇怪"。即便如此,我们还是抱着微弱的希望全心投入治疗。我辞掉工作,每天陪在她身边。妻子的病很棘手,也许正因为她随时都面临死亡的威胁,我们两人才能拧成一股绳,不断抗争。

妻子是星途充满光明的演员。我每天在家与医院之间往返,都要设法避开蹲候在医院周围的狗仔队。两百多个日夜之后,死神突然降临。无处发泄的愤懑和空虚,将我推向了醉酒和赌博的深渊。

半年后,我患上严重的酒精中毒症,被强制送进医院。所幸有人对我这个身心备受折磨的三十五岁男人伸出了援手,我才有了出院的一天。自那以后,我便开始控制自己的饮酒量。

有天晚上,不知什么缘故,我没有管住自己,喝了不少酒。好在还记得那次住院留在心里的恐惧感,所以硬撑着两条腿走出了酒馆。当我清醒过来,发现自己躺在传宝院大街的某个角落里。

寒冷的夜里,我冻得浑身打颤。

我伸手摸了一下胸口,身上盖着硬纸板。

想起来了,我和三个流浪汉说了很多话。我手摸着硬纸板,望着开始露白的天空心想,流浪汉的世界远比我们普通人的世界有情有义。

我慢吞吞地起身,环视了一下四周。

想对他们说声"谢谢",却不见他们的身影,我便将硬纸板和报纸折叠起来,靠墙放好。

我在市中心转悠,一个个地辨认电影和戏剧海报上的剧目。

在上演什么样的剧目呢……晚上我想去看电影或者戏剧。

回到旅馆,我取回寄存在前台的行李,换了身衣服。

我在午饭前醒来,离开旅馆,走上了仲见世大道。

浅草寺似乎有庙会,步行道上人流如潮。

途中,我经过一家书店,脑子里浮现出三月上旬与K前辈一起见过的老师的模样。我后退几步,走进书店。

书店面积很小,漫画书远远多过小说,一个小角落的书架上陈列着文库本。

我找到书脊上印着老师名字的书,付了钱。

我有多长时间没买书了?

我将书放进衣兜里,一迈步,书由于自身的重量,在兜里晃来晃去。

我走进一家咖啡馆,开始看书。

书中写了浅草的故事。虽是偶然发生的故事,倒也让人感觉到某种缘分。

读着读着,应该是以老师本人为原型的少年主人公,在字里行间鲜活起来,变成一个小人,开始走路。小人的轮廓也逐渐清晰,一点点变得高大。我害怕读下去,便合上了手中的文库本。

我走出咖啡馆,直奔市中心。

想看戏,走到小剧场门口又顿时觉得兴味索然,于是漫无目的地在街头闲逛。

我走到隅田川边上,沿岸前行,过了一座桥后到达向岛,又过了一座桥,走到驹形,然后,还过了一座桥……

隅田川的流水声一直在耳边响着,心情十分舒畅。

我在大街上转悠到傍晚,坐公交车回到浅草。

晚饭后,我礼节性地给K前辈打了个电话。

"三郎，你人在哪里？"

"我在东京。"

"是吗，原来你在东京……"

"怎么了？"

"昨天才往你老家寄了封信，虽然知道你应该没待在那里。"

"不、不好意思。"

"道什么歉。对了，你觉得老师怎么样？"

"啊，是个很好的人。"

"好人哪……"

"嗯，魅力十足的人。"

"不错，我想说的就是这个，我想你一定能感觉到。很有魅力。"

"是的，非常有魅力。"

"今晚有空吗？我告诉你一些他的事。"

我莫名其妙地兴奋起来，开始做出门的准备。

左门町

  我来到四谷某地下室的酒馆时，K前辈已经坐在吧台一角，一个人喝开了。
  酒馆里只有K前辈一个顾客，女店主坐在里面的一张桌子前抽烟。
  "最近你老来东京。"
  "是，好像次数有点多……"
  "早点搬来东京不好吗？"
  "啊……"
  见我无意回答，K前辈嘴上嘟哝着"行，那好吧"，伸手取过吧台前的玻璃杯，往里倒威士忌。他回头看了一眼身后的女店主，说道，懒女人。
  "怎么样？"
  "什么？"
  "我说的是老师。"
  "哦，认识他太好了。"
  "我说嘛。三郎君不也说了，有魅力。你说得一点没错。"
  "……是吧。"

"读了他写的书了?"

"读了《致老家》,只读了一点……"

"怎么样?"

"……"我不知该怎么回答。

有点害怕。我刚想这么说,K前辈开口说道:"读一下他的《百》。写得太好了。"

"一百的百吗?"

"嗯,汉字的百。"

然后,K前辈开始讲老师的故事。我能从话语中感觉到他对老师的崇拜。

"我活到这把年纪,从来没见过像他那样的人……"他说着,流露出十分钦慕的眼神,"看着他……有时弄不清他是太笨了,还是太聪明。"

K前辈说了很多,最后点着头称赞老师,"太聪明了,他真的是一个绝顶聪明的人……"

我认识K前辈的时间并不长,就我对他的了解,他不是个喜欢结交朋友、依赖朋友的人。在我的印象中,他的生活可以用"孤独"这个词来形容。就是这么一个K前辈,对老师却如此钟爱,这有点出乎我的意料。

我凝视着K前辈手中的酒杯,脑海里浮现出那天夜里和K前辈一起见老师的情景。

当被人称作老师时,他脸上露出宛如孩子般的喜悦,我此生从未见过那种表情。

"他老要打瞌睡,那是一种病。"

"啊?是病?"

"是的,学名叫突发性睡眠症。这种病会突然发作,不管什么场合都会睡着。"

突发性睡眠症,居然有这种病……

"据说原因不明。脑干的功能出了问题,也没有治疗手段。"

"突然发作?不分早晚吗?"

"不错,很突然。嘻、嘻嘻、嘻嘻……"

K前辈说着,似乎想起了什么,笑了起来。

"我告诉你怎么个突然法……"

他说起了老师打麻将时睡着的事情。老师好几次麻将打得正酣时,突然睡着了。

"那场面,太让我吃惊了。"

他渐渐打开了话匣子。那天的麻将桌上,除了K前辈,都是初次见面的麻友。

开打一个小时后,大家慢慢适应了彼此的节奏,渐入佳境。

轮到老师出牌时,他手里摸着牌,忽然停了下来,两眼注视着手中的牌,一动不动地陷入了沉思。

打麻将时,遇到自己手中的牌比较复杂,或者吃不准怎么应对上家的出牌时,往往需要考虑一下。但时间不像下象棋和围棋那么长,至多也就几秒钟。当然也有些人喜欢琢磨,但高手们聚在一起时几乎不会发生这种事。

过了将近三十秒,老师还在想。这种情况下,一般会有人催促:怎么了,那么好的牌啊?可眼前陷入沉思的是有"赌神"、"雀圣"称号的对手,K前辈和其他两人只能等着。

老师的右手稍稍搭着麻将桌的边缘,两眼直直地注视着手中的牌。一分钟后,他"呼——"地发出一声很奇妙的声音。

K前辈感到奇怪,他从麻将桌上伸过头去看老师的脸。

"他睡着了!"K前辈咂了下嘴。

经他这么一说,其余二人也都将眼睛睁得滚圆,望着老师……

"三郎君,我说的事情经常发生。这是一种病。"

K前辈兴味十足地喝了一口威士忌,随后望了我一眼,"嘻嘻、嘻嘻"地继续回忆滑稽的往事。

"那天晚上,大家想着可能会打通宵,得先打点一下肚子,于是都要了三明治。我们三个边嚼三明治边等着雀圣醒来。可我们大嚼鸡蛋三明治时,老师却睡得熟着呢,'呼——'了两回,'噜——'了一回……"

"那,你们怎么办?"

"不能让他就这么无休无止地睡下去,我把他叫醒了。我叫他,'老师、老师,该你出牌了。'可是这样也叫不醒他。我只好大声叫,叫他的名字。"

"是吗,还有这样的事。您叫他哪个名字?"

不知什么时候,女店主来到了我们身边,手托着腮帮问道。

"打麻将的时候,就那一个名字。"

"后来呢?"

"他倏地睁开了眼睛,看着我们三个。我们正在吃三明治,他猛地抓起自己的那个吃了起来。他是个十足的吃货哟。我对他说:'现在不是吃的时候,您赶紧出牌呀。'这时他才回过神来,原来麻将打得正酣。不一会儿,他继续陷入沉思。我又催他:'别想了,快出牌。'"

"后来呢?"

"他'啪'地把三明治打了出去。"

哈哈哈哈，我放声大笑。

嘻嘻嘻嘻，K前辈也笑起来了。

听到我们俩的笑声，吧台里的女店主说:"你在瞎说，净是胡编乱造。老师不会做那么没品的事。"

"怎么是瞎说，下次老师来的时候你尽管问他。"

"这怎么问，那么怕难为情的人……"女店主好像说自己似的，脸红了。

奇怪的女人……望着脸色绯红的女店主，我想。

"真的事情听上去都像假的。"

"有道理。我们经常说现实比小说更离奇。但你说的老师的事情绝对是假的。"

"行了，你站一边儿去。对了，三郎君，你还在写小说吗？"

K前辈像忽然想起什么似的，问道。

"我早就不写小说了。"

"早就？"

"力不从心。完全没这方面的天分。我也明白自己其实写得很勉强。"

"这是什么话！虽说我不是什么专家，不知道该怎么说，但我很喜欢你的小说。"

几年前，我向小说杂志社投稿的小说被采用了，K前辈为我的小说画了插图，其实这并不是他的专业。

"啊呀，你是写小说的？"女店主问。

"我不写小说。"我有点不耐烦地答道。

用不着发火吧，女店主也不高兴地回我。

"唉，好闲呀。傍晚到现在只来了两位客人，老师不会在这个时候露脸吧？"

"这个周末他要交稿，不会突然出现的。"

"是啊，老师要忙工作。"

女店主又一次离开吧台，走到酒馆最里面的沙发前坐下，开始抽烟。

之后的两个小时，酒馆里的客人仍然只有我们两个。

就在K前辈说该走了的当口，酒馆的电话响起。

"这个时间了，会不会又是恶作剧电话……"女店主说着，很不情愿地接起电话。她的表情忽然一变，开心地笑了。

"正好在说您呢，没打喷嚏？还有谁……K先生和那个年轻人呀。"

"是老师？"K前辈问道。女店主轻轻点了下头。

K前辈向我眨巴了一下眼睛。

"他让您接电话……"

K前辈接过电话，高声说："您好，这里是长寿庵。您点了赌荞麦面和赌麻将。明白了，我马上送过去。"

K前辈一脸喜悦地挂断电话。该死的家伙，他明明告诉我在工作，他笑着说。三郎君，他叫着我的名字起身。

到了新宿，走进左门町的小道时，雾蒙蒙的细雨已经变成小雨了，老式房屋和大大小小的寺院、神社，院墙在雨中闪着黑幽幽的光。

老师的家在几栋连成一片的大楼角上，我们抵达门口时已经过了十二点。

"我是长寿庵……"

K前辈对着对讲机自报家门后，门开了。老师探出头，开心地笑。

老师对着我笑了。就是这张笑脸，只有见到了，才能感受到它独特的气息。

经过玄关走进起居室。这里放着一张电热被炉和一张自动麻将桌,摆放得很奇特,代替了家里常见的矮脚桌。此外没有其他家具。除了老师,房间里还有两个身材瘦削的中年男子,他们正把电热被炉移到角落。

原来有五个人,今晚我就在一边观战……我寻思。

不过,打麻将的却是除了老师之外的四个人。

老师让我们先打,他说要写稿子,等写完后再打。

四人自报家门,定下座位,便坐到了各自的位子上。K前辈和高个子男人商定了这场麻将的规则。

老师一直目不斜视地看着我们。

"您是不是想玩?"

听K前辈这么一说,老师笑了。这位是S公司的××君,这位是F公司的××君,这位是三郎先生,老师介绍道。

"他现在在濑户内海附近休息。"

老师怎么知道我的老家?我暗自思忖,回头望了一眼站在身后的老师。

"想不到这么快就见面了。我待会儿再玩。"

"好,好吧。"

作为庄家的K前辈按下开始键,成堆的麻将牌从桌下推了出来。

麻将牌还是新的。洗牌时,老师从我身后伸出手,粗粗的手指从麻将桌的绒布台面上捏起一根头发。

"老板,给我们来点啤酒和墨鱼丝。"K前辈说。

老师问其余三人,也要喝啤酒吗?

高个子将麻将牌合上后站起来,一脸严肃地说,老师,我来,请您去写稿子吧。老师在高个子的催促下进了隔壁房间。

K 前辈在坐庄时和了两次,每次都是高个子点炮。这人出牌很随意,似乎心思不在麻将上。另一个戴眼镜的男人更像是为了应酬我们,整场打得全不在状态。

"到交稿的截止日期了?"K 前辈问高个子。

"是啊。等我们打完吧,他就是这种风格。"戴眼镜的男人回答。从他们的对话中,我明白了这两人原来是来取稿件的编辑。竟然到人家家里来收稿件!

三个小时过去了,老师还没从房间里出来。

K 前辈一人赢了牌,几乎是高个子一人输给他的。不过,高个子完全没有输牌人的沮丧,他看上去就像在等稿件的空隙里独自玩着自己的游戏。

接下来,牌局玩到半庄①时,高个子将筹码甩到桌上,嘴上说着请算一下吧,站了起来。他走到隔壁房间那儿,拉开拉门。

从我的位置能看到隔壁房间的动静。昏暗的房间里,老师在弓着背工作,只有他身边亮着一盏灯。我听见他们二人在低声交谈。

"他经常这样打牌?"K 前辈问戴眼镜的编辑。

"他大概是在担心稿子。"

"这和打麻将没什么关系吧?"

"别介意,是他提出叫人来玩麻将的。说实话,我倒是挺为难的。"眼镜男说着,手里摸着麻将牌。

"沉重的话题呀……"K 前辈说着转向我:"三郎君,你不用客气,好好打牌。"

高个子从房间里出来。

---

①日本麻将采用轮庄制时,最普遍的玩法是打完东场和南场共八局,称为半庄。编注。

"怎么样？"

"花不了两小时。给你的稿件好像也完成一半了。"

"真的？"

刚才还一脸不满的眼镜男转眼露出了笑容。

到了天色透过窗帘渐渐泛白的时分，老师手里拿着两份稿子现身了。

两位编辑各自接过稿件，嘴上说着谢谢，转过身子一页页地看起来。我来回看着两人的背影。

老师发现我的举动，禁不住笑了。房间里充满温馨的气氛。

我马上带稿件回公司。听眼镜男这么一说，高个子含糊其词地说也想回公司。

"那样就缺人了呀。这种不尴不尬的时间结束也太……"K前辈说。

两人开始收拾东西。老师坐在麻将桌前，目光在两人身上扫来扫去，一脸不满。他们看都没看老师一眼，直接走到玄关。老师站起来，也走到玄关礼貌地说了一句，照顾不周，请走好。

老师拖着步子回到起居室，K前辈手拿麻将牌敲着桌子。

"这两个没教养的坏编辑。"

"我让他们等得太久了……"老师说。

啊！K前辈叫了起来："坏了，没有算钱，让他们跑了。"说罢立刻起身。

"已经坐上出租车了，我替他们付账。"

"不行，没这个道理。太差劲了。"

"不好意思。"

老师和K前辈同时叹了口气。

"要不玩三人麻将……"老师怯声怯气地说。

"不玩。"

"再叫个人吧？"

"现在是早上五点啊。"

"下夜班的人。"

"哪里有？"

"……"

老师沉默下来，两眼盯着手中的麻将牌发愣。

"我们玩骰子吧？"K前辈的眼眉微动了一下。

老师捧起一只大骰盅，一脸淘气小和尚的神情。他捏起骰子时，指尖的动作很优雅，没想到那么粗短的手指居然十分灵活。

三人一直玩到中午，我们才离开左门町的老师家。

出门时，老师站在玄关问我："你今天去川崎？"

"明天伊东那边有不少高手。"

一听我说起伊东温泉的竞轮，老师的眼睛开始发光。

"我特别喜欢温泉。"

"净说鬼话，您连澡都不洗。"K前辈说。

老师马上做了一个手握木勺从浴盆里舀水的动作。"温泉另当别论。"

"头一回听说。"

"我也是第一次告诉别人。"

K前辈重重叹了口气，拧开了门把手。

青 山

从左门町往回走的路上，K前辈再次劝我来东京生活。

"三郎君，你来东京的话，老师也可以陪你玩。对你来说也不算是个坏主意。或许你有各种理由，但人不能光玩，什么都不干吧。就算你想自由自在地生活，在东京没准还能遇到些意外的惊喜……"

我心里比谁都明白，K前辈就像父母那样在为我考虑，但这几个月来，我一直没有给他一个满意的答复，因为我非常害怕让K前辈失望。

有时我觉得自己快要崩溃了。我感觉被某种说不出道不明的东西堵住了胸口。小时候没有意识，过了二十五岁，我渐渐意识到这种东西的存在。

说它是一块石头，似乎挺像那么回事，但要我自己来形容的话，那就是一只屎壳郎，自打我有了思想，就独自一人不停地推着粪球。

我大概将自己看到的东西，无论是喜欢还是不喜欢，都从一只口袋中掏出，扔进粪球中。所以，我不能清楚地回想起堵在那里面的究竟是什么，也没有一个固定的形状。我并没有进行过整理，因此那里面没有一丁点称得上有序的、系统性的东西。

就像屎壳郎那样，只要一点点风，就能将它和比它更大的粪球一起吹落到它自己都无法想象的地方。在那个地方，它又将不期而遇的微小东西拼命地卷入粪球中。我身体中那个东西正是这样一点点变大变硬。就连我都搞不清吸收进身体的究竟是什么。我只能说，就是这么一只似是而非的屎壳郎。

不过，我并不是完全不知道粪球中究竟有些什么。屎壳郎推着粪球，粪球卷入的东西有……比如我小时候住的房子后面有一家废弃的工厂，里面有个小院子，院子里有一口枯井。和小伙伴们玩耍时，为了比一下谁更胆大，我们轮流把头伸进枯井中探视。就在脑袋伸进枯井的瞬间，我吓得闭上了眼睛。虽说害怕，但在好奇心的驱使下，那天傍晚我一个人走进工厂的废墟中，两手发抖地抓住枯井的围栏，将头伸了进去，猛地睁开眼睛。我顾不上自己看到了什么、听到了什么，为了不被枯井吸进去，我努力起身，却动弹不得。这种感觉一点点在粪球中积累起来……比如，在横滨生活的日子里，我和两个哥们迷上了麻醉药，那是从越南战场回国的美国兵喜欢的东西。当我们吞下用来射击大象的催眠弹里的麻醉药时，沉浸于眼前的伙伴蹿上了几百米高空的幻觉，笑个不停，此时我又听到一个声音在高喊：别太高兴……

这些东西毫无规则地卷进了粪球。或许独自一人不断推着粪球的我，生存技能已经变成了一个硬邦邦的死块。

一年前，这个硬块开始在身体中慢慢碎裂，还伴随着奇妙的声响。

它碎了……

唯有我的意识还存在。

接着，屎壳郎消失了，只剩下失去主心骨的自己在彷徨。

接受 K 前辈的好意可能是最明智的抉择，但我没有。我心中充满对 K 前辈的歉意，每次去东京，他都对我提出那样的建议。

回到浅草的旅馆，前台服务生告诉我有一封电报。

电报？是谁发来的？没人知道我住在这家旅馆，如果是 K 前辈的话，刚刚才和他分开呀。

我接过电报，打开一看，是妹妹发来的，她在老家。

电报上写着：

哥哥收 田伏教练找你

我只告诉过妹妹我在东京的住处。父亲去年肝脏动了手术后不断地出院和住院，我告诉妹妹万一发生什么事情的话，就通知我。

电报中提到的田伏教练是我老家的高中棒球队教练。妹妹特意发电报来说教练找我，会有什么事呢？

我拨通教练家的电话。他太太接起电话，说几天前教练突发腮腺炎住院了，让我直接打到医院。我问她为什么要打到医院，她说她丈夫有话要直接对我说。我很清楚教练性格倔强，于是将电话打过去。等了一会儿，教练接了，听上去精神饱满。教练说医生告诉他需要住院两到三周，在他住院期间，希望我帮一下学弟和棒球队。他一定觉得我很闲。我拒绝他，说自己教不了棒球。但教练在电话另一头态度十分坚决，完全没有商量的余地。我无计可施，只好决定第二天回老家一趟，视情况而定。

到了棒球场，教练提到的我的学弟——那位代教练已经开始带队训练了。他告诉我棒球队的校友会分成了两派，现在如果换教练的话，另一派便会伺机夺权。我心想，哪有那么夸张。

指导训练的事我让学弟自己做主。到了下午,我又来到棒球场,为年轻的队员们捡棒球,看着他们训练。

棒球队要参加春季的比赛。棒球场上有很多我不认识的对手球队的教练,在细心观察选手训练,所以我设法逐渐融入自己的球队。我开始参加他们的初级训练,重新拿起球棒。田伏教练说自己还要些时间才能出院,结果一直等了将近两个月,他才重新回到球场。

就这样,我在队员们的带动下,在阳光下和他们一起训练。活动了半天,体力也稍稍恢复了。

田伏教练回来后,我离开了棒球场。

那天夜里,为了庆祝教练康复,我们去了市内。无论是在饭桌上还是后来换到酒馆,我始终默默地注视着一直在谈棒球的教练和学弟们。

几天后,我终于从棒球场解放出来,来到东京。

K前辈给我打过两次电话。

"老师也很惦记三郎君,问你怎么样。你来露个脸呀。"

我和K前辈说好一个月后见,但其实过了两个月才见面。

梅雨季节降临前的东京,阳光中蕴含着浓郁的水蒸气。

K前辈一个月前搬家了。我手捧万年青盆景站在玄关前,曾见过面的保姆望着我,一脸惊讶。保姆退到客厅后,K前辈现身了。

K前辈先是吃了一惊,随即说道:

"三郎君,欢迎欢迎。晒成这样都认不出来了。看上去比原来健康了。"

"是啊,还算说得过去。"

打扰了,我说。K前辈的夫人和保姆眼睛滴溜溜地打量着我,她们很欣喜地说,你身体好了,真是太好了。

以前我在他们眼中究竟是什么形象？

K前辈的新家，客厅里挂着一幅巨大的油画。与其说挂着，不如说整个客厅是以这幅画为中心布置的。这似乎是十九世纪中期法国巴比松画派的风景画。

"很大吧，光是颜料就花了不少钱。"K前辈笑着说。

他们请我吃了极其美味的荞麦面。刚才开门的保姆是长野县人，据说荞麦面是她亲手做的。

实在太好吃了，我又要了第二碗。

K夫人说："食欲也增加了，身体真的康复了，太好了。"

吃完荞麦面，又上了一大盘盛在雕花玻璃盘中的小小的水果。

我第一次见到这种水果，有点像西红柿。

"这是什么水果？"

"名字叫圣女果。最近我的家乡开始种这种水果，非常可口。"

将一只圣女果送进嘴里，真的很好吃。我很快吃完了第三只。

"您多吃点。"

"我已经很饱了。"

我注视着墙上的油画。K夫人也望着油画，她是个文静而有教养的女人。我们一起凝望了一会儿。

我考虑到在K前辈家待得太久会打扰他们，准备起身告辞。

K前辈走进客厅。他身着西服，打着领带，看上去要出门。

"那我回去了。"我站起来，向K前辈告辞。

"三郎君，你接下来有事吗？我想和你去坐坐，已经订了地方。我在青山发现了一家好吃的寿司店。也叫了老师，我告诉他你可能也会去，他高兴得不得了。"

K前辈一脸笑容地望着我。

"请您一定要参加。很安静的店，老师好像也很喜欢。"K夫人说。

"哦……"

电话铃声响了，保姆来叫K前辈接电话。好像是工作上的事情，K前辈走进房间。

"听说您见到老师了。"

"是的，多亏前辈的引荐……"

"很了不起的人吧?！"

"是的。"

"他是迄今为止我在东京见过的最了不起的人。我不太会说话，不知道怎么说才好，一见到他就感觉很温馨。"

"是，是的。"

K夫人平时总是给人性格文静、举止优雅的印象，一说起老师，竟变得少有的情绪高涨。

从青山的外苑大道进入宁静的小巷，便是一家寿司店。老师还没到。

我们在K前辈和夫人之间空出一个座位，等候老师。

安静的寿司店里，店主独自面对客人站着，里面的座位上还有几位客人。K夫人时不时地瞅一下挂钟。

"这个时间应该到了。再说只要有你在，他从没晚到过。是不是生病了……"

"这样说太不礼貌了……"

店主抬了一下眼睛。外面隐约传来脚步声。

木门拉开了，身着正装的老师站在门口。他面对站起来迎接的我们，露出了有一点害羞的笑容。

"十分感谢今晚的招待。"老师郑重其事地鞠了一躬。交织着横竖条纹的西服，在店里微暗的灯光下泛着光泽。

老师看到我，绽开了笑容，表情十分和蔼。虽说与前两次见面时的表情一样，但我还是觉得和那两次的印象有些不同。

胡子刮得干干净净，睡醒后的乱发也打理得有条不紊，也许老师身上这些变化，在他走进寿司店的瞬间，让我产生了一种奇妙的异样之感。

老师是这样的吗？

第一杯酒，大家互相寒暄了几句恭喜恭喜、哪里哪里之类的话。

我想起在来寿司店的出租车上，K前辈告诉我今晚要庆祝老师获得文学奖。他还说了这是个什么样的奖项，但我忘得一干二净。

K前辈夫妇如同自己得了奖那般兴高采烈，老师一脸不好意思的神情，频频低头弯腰。我不知道自己该说些什么，沉默着。

开场般的寒暄结束后，大家沉默了一会儿。我瞥了一眼老师。老师觉察到似的，也望着我。

就在这一瞬，我瞥见了老师的表情，急忙低下头。

老师的表情看上去有些困惑。不过，我想也许是自己误解了。我只见过老师两次，而且他与我见过的成年人都没有共同点，无论是行为举止还是待人接物，他都过于圆融，使人无法了解他的个性。第一次遇到这种类型的人，我捉摸不透也在情理之中。

这天晚上的聚餐，老师很少说话，和K夫人交谈也是慢条斯理。他好像是在照顾K夫人说话时不那么连贯的语气，从这一点上，我感觉老师与K前辈夫妇交情匪浅。

话题转到了浅草艺人身上。老师说起了我也略有耳闻的榎本健一、古川绿波以及为他们配戏的人的一些老桥段，说到滑稽之处，大家都笑了。老师说得生动自然，让我也身临其境地想象出了当时演出的情景，这就是独特的话语具有的魅力。

店主说了一个艺人的爱称。"我年轻时得到过他的关照。"

"应该是××先生在传宝院时的事情吧？"

"是的，您也认识……"

"没说过话，只是远远见过他。"

"那时我在离传宝院有点距离的地方当学徒，他经常来我们店里。"

"我没听说过××这个名字，是什么样的艺人？"K前辈问。

"算是配角中的配角吧，但一些很不起眼的角色演得很棒。偶尔风头甚至会盖过主角，在舞台上经常被抱怨。这大概就是他的风格……"

老师望着远处说道，一脸沉浸在回忆中的神色。

"我那时还小，没看过××先生的舞台演出。他来店里时见过。有时他一个人来店里。"

"他的艺术风格不是自由奔放型的，属于温和型的吧？"

"是的，很温和的一个人。他现在在干什么？和他老在一起的××先生还经常上电视呢。"

"说的是……"

"真想见见他。"店主说道，语气中也充满怀念。

"吃艺术饭的人……"老师声音低沉地说着，又打住了。

大家在等他接下去的话，但他只是目不斜视地盯着眼前的酒杯。

"您睡着了吗？"K前辈笑着问，老师也笑了起来。

"做艺术工作的人……会悄悄地淡出人们的视野。"

听老师开口了，大家的目光都集中到他身上。

"艺人就是这样的。不是每个人都有机会走红，所以要学会自我解脱。他们追求的与其说是艺术，不如说是轰轰烈烈。艺人的本性就是这样。"

听了老师这番话，K前辈说道："这样说的话，让人感觉挺凄楚的……"

"没办法真正红起来的人，只有这一条路不是……"

老师说着，目光又落到了眼前的酒杯上。

接下去的话题转到了去年年底上映的美国音乐电影。

"弗雷德·阿斯泰尔没有半点多余的动作。他并非设计好的。我认为那是一个硬伤。不打破过度的规整，就达不到平衡。在这一点上，浅草轻喜剧有一段时期做得不错，美国的B级闹剧，也总是让人百看不厌……"

老师说到这个话题时，话才多了起来，不过一会儿又变得支支吾吾了。

寿司基本上完，大家的手不再伸向酒杯时，K夫人说今晚差不多都累了吧，于是大家决定结束晚餐。

到了大街上，我向老师和K前辈夫妇道了谢，正打算离开，K前辈在身后叫住我。我转过身子，K前辈在向我招手。我走回他身边，他问我："三郎君，你住哪里？"

"浅草……"

"那么就麻烦你一下。老师好像要去什么地方。我明天要去九州，麻烦你帮我送一下老师。"

"没问题。"

"太不好意思了。另外，老师如果途中睡着了，就让他睡一下吧。"

"哦，我明白了。"

我走到老师身边，他提着纸袋，两眼紧闭——不是已经在睡了吗？

老师，我叫了一声。他惊吓到似的睁开眼睛，望着我，脸上的表情好像在问"你是谁"。

正准备上出租车的 K 前辈朝着我们俩大声说:"老师,是三郎君。您不是要去上野吗?"

来了一辆出租车,我和老师坐了进去。我先告诉出租车司机去上野,然后问老师去上野什么地方。

老师一言不发地注视着前方,我又问了一遍。

"嗯,去上野……不,去神乐坂。"

老师两眼一直望着窗外,出租车里的气氛变得凝重起来。

和老师单独相处,我的内心开始感到不安,又有些害怕。

不管怎么说,到了神乐坂就和老师告辞。

咚的一声,我低头看脚边,有些黄色的东西散落在车上。

这是……什么?

老师耷拉着脑袋,双目紧闭。

老师抓着纸袋的手松开了。纸袋张大的口正冲着我,一只看似赛璐珞模样的盒子从里面掉出来。我从脚边捡起黄色的东西,有点像锯屑。放到鼻尖下闻了一下,和锯屑气味一样。

难道是……

我看了一下掉在车上的盒子,果然是一只卷笔刀,那些黄色的东西是从铅笔上削下来的木屑。

我又看了看老师。

"今晚差不多都累了吧……"我想起 K 夫人的话。不知道老师的瞌睡是因为疲惫还是病症。

我捡起脚下的木屑装进盒子,提起挤在老师脚边的纸袋。

好沉。这是什么?怎么这么沉……我往纸袋里看去,里面装着一本很厚的书和一叠稿纸。

我还是第一次遇到随身带卷笔刀的成年人。

出租车开始爬坡。司机问道:"请问,二位去神乐坂什么地方?"

"老师,到神乐坂了,您去什么地方?"

没有人回答。我又问了一遍,比刚才大了点声,同样没有回答。

出租车司机从后视镜中注视着我们,我说已经到神社了,让他停下。

我摇了摇老师的肩膀。

"老师,到神乐坂了。老师……"

老师全然没有反应。他怎么啦?我寻思。

我告诉司机就在这里下车,将车费递过去,然后稍微用力,在老师的肩上拍了几下,靠在他耳朵边大声叫醒他。

老师猛地弹坐起来,睁大两眼望着我。

"对、对不起,到神乐坂了。"

老师向窗外望了望,点点头,下了出租车。

"是不是在这里下?"

"嗯,多谢。"

我将纸袋递给他,老师一脸不明所以的神情。他看了一下纸袋里面,这才明白过来是自己的东西,向我道谢。

"那我就失陪了。"

"哦,好,不好意思。"老师郑重其事地鞠了一躬。

老师今天的表现果然和以前不同,有种心不在焉的感觉。

我和老师告辞后,过马路拦下一辆出租车。老师一动不动地站在原地。我透过车窗注视着老师,不知道该不该丢下老师一个人离开。司机问了我目的地,便发动引擎。

我返回刚才和老师分手的地方，不见他的人影。

马路上没几个行人，一个男人手拉着绳帘站在店门口，他正要打烊。

"打扰一下。请问有没有见到一个手提纸袋、这样体格的……很壮的男人？"

男人歪了一下头，回答没看见。

对面有一家挂着红灯笼的店。我快步向那家店走去。很久没走得这么快，汗一下子冒出来。

刚才我是怎么想的……为什么没把老师送到他要去的地方？

给了我那么多关照的K前辈特意嘱托我送老师，我却强行把老师叫醒，把他一个人扔在路上。

出租车一跑起来，我脑子里瞬间浮现出老师招呼我时亲切的笑容。我在矢来町的路口下了车，慌忙跑回原地。

拉开挂着红灯笼的木门朝里张望，没有老师的影子。我回到马路边上环视四周，心里后悔不已，为如此自私的举动感到难过。

周围一带没有找到老师，我走回和老师分手的地方。

从坡下的外苑大道方向刮来一阵阵颇有凉意的夜风，让人脚底打颤。

他提着那么重的东西去哪里了呢？

夜风中，我似乎闻到了卷笔刀和铅笔上削下来的木屑的气味。

老师为什么随身带着卷笔刀呢？他是打算去哪里工作吗……

街灯熄灭了。街道上没有了行人的踪影，变得一片寂静，只有耳边的风声好像更大了。

我无计可施，只能回去。明天给K前辈打电话，向他道歉……

我感到空中的风声犹如少女的哭声。我抬头仰望夜空，或许夜风过于强劲,明明已进入夏天,星光却似乎在颤抖。

关东平原就是以这样的风声迎接夏季降临吧。如同孩子般尖叫的风声就在身后。我回头望去,神社的石墙那边耸立着一棵巨大的山毛榉,每当树枝摇动时便会发出响声,就像人的叫声。听上去像孩子们的尖叫,其实是长满树叶的枝条挤在一起相互摩擦发出的声音。

记忆中,我好像在什么地方见到过这种能发出叫声的大树。应该是在南方某个小镇上,朦胧的小镇风景模模糊糊地浮现在眼前。确实是一棵耸立在水池边上的大树……

我的视线落在树根上,随即越过石墙向神社里面张望。神社里没有水池,星光落在一张长椅上。

"啊……"我惊叫起来。

长椅的一角有个模糊的身影,坐姿与树干重叠在一起。这人影一动不动,体格与老师十分相似。

我上了石阶,走进神社。

我看见一个靠在人影脚边的纸袋。没错,坐在长椅上的就是老师。

老师睡着了吗……

看上去不像睡着了。以前我见过他的睡姿,身体疲软地歪斜着。可是眼前,榉树下蹲坐的身影充满了紧张感。

我躲在净手池的立柱后注视着老师。他究竟在干吗呢?

他高大的身子蜷起来,稍稍前倾,两肘放在膝盖上,合掌,双眼直视前方。夜风时不时吹动他上衣的下摆,脚边的风将裤腿吹得上下舞动。

在夜不归宿的人聚集的神社一角,老师身体僵硬,注视着什么。我看不清他的表情,但看得出他的目光一直望着前面漆黑一片的地方。

老师的头上是发出尖叫声的山毛榉枝叶。树的上空,是不停眨着眼睛的星星。就在星光闪烁间,在无比喧闹的疾风中,老师一动不动地注视着什么。

从他的坐姿中,我无法觉出他心情的宁静和安逸,只感受到他周身散发的寂寞气息。

我也变得不安起来,陷入了某种错觉,眼前老师巨大的身躯在一点点缩小。

"老师……"

我心里喊着,却发不出声音。我不知道怎么做才好。

那么受人仰慕、充满幽默感的人,却在这样的劲风中变成不起眼的石块,渐渐消失在一团漆黑中……

梅雨季节里少有的一个大晴天的午后,我去已经很久没有去过的浅草散步。

浅草寺里正在举行鬼灯节。寺院内摆出了很多小摊位,我暗自感叹这种小摊生意竟然也如此红火。游客络绎不绝地涌进来。

寺内的招牌上写着"四万六千日"。与我擦肩而过的游客很多操着地方口音,应该有不少远道而来的外乡人吧,我寻思。

我在大殿附近歇了会儿脚,问一个老婆婆:"四万六千日是什么意思?"

"不念永万六千日,念西万六千日[①]。你不知道吧。今天来这里,等于四万六千日天天来参拜一样。"

"这倒挺方便。"

"很方便吧。这样一来,就能享受到四万六千份功德呢,哈哈哈。"

[①]日语中数字"四"有两种读音,一种读"永",一种读"西"。

老婆婆开心地笑起来。

"四万六千日是多久呢？应该很长吧……"

我正掰着手指数，老婆婆先开口了："一百二十六年哦。"

"哈哈哈，活不到那个岁数。"

我笑了出来，老婆婆也笑了。

我走到大殿边的窗口前，一眼见到用青竹串起来的三角形纸护身符，便好奇地问窗口里的姑娘这是什么护身符。

她说是避雷符。

我买了一只，打算送给朋友。

这天晚上，有个朋友要从青森县的弘前市来东京玩。这个名叫Y的人，是去年秋天在宇都宫的赛车场认识的。Y先生先和我打了招呼。他性格开朗爽快，所以和他在一起感觉很轻松。他年纪比我大一轮，干什么都很得体有分寸。

Y先生这次来东京是为女儿定亲。他告诉我，十五年前和前妻离了婚，女儿是由前妻的母亲带大的。我没有细问他为什么和前妻的母亲还有联系，但这应该是Y先生的风格。

他说自己在弘前市经营房地产和保险公司。有一种说法，能一直坚持进出赌博场所的人，必备条件就是每天都有一定的入账。无论多么有钱的人，如果只出不进，终究会有一天输个精光。只是输个赤身裸体倒也罢了，就怕等到自己回过神来，已经深陷其中不能自拔了。

如果一直有入账，他们自然就能掌握保持收支平衡的技巧。这就是每天哪怕只有些小钱入账的人的优势。

为什么说平衡是不可少的，主要是因为赌徒几乎都是赔钱的。即便是麻将和扑克那种没有庄家只有赌徒的赌博，同样是赔钱。更不用提有庄家的赌博，一开始就有人抽头。那种赌博每一次付了抽头后，几乎很少有赢钱的机会。既然如此，为什么还有人赌博呢？很多人提出这样的疑问，这再自然不过了。可是，没人能回答这个问题。有人爱赌，也有人不爱赌，只能这么说。

我和Y先生约在新桥车站大楼地下的饭馆见面。

我将礼金递给Y，他不接。我说结婚也就这么一次，Y便一声不吭地鞠了一躬，接过去。

平时话不多的Y，这天晚上对我提起了自己与女儿、与离了婚的前妻的事情。

"她是从我身边逃走的……"

他说着，自嘲似的笑起来。

"三郎君，我从来没听你提过家里的事情，你有亲人吗？"

"有是有过……但去世了。细想一下，死别不也属于从自己身边逃走吗？"

我笑着说。Y一脸严肃的表情。问了不该问的，他说着，又弯腰鞠了一躬。

"哪里哪里。生离死别的家庭，世间比比皆是啊。"

"是啊……"

"死别比生离还痛快些。"

之后，我们两人一言不发地喝酒。

Y问我吃不吃生马肉，我摇了摇头。Y说这里的生马肉很好吃，口气中充满了惋惜。

"没事，你吃好了，不用介意。"

Y点了生马肉，随后去了洗手间。

我走到收银台边去打电话，打到我住的旅馆，问旅馆老板有没有什么人给我的留言。老家的妹妹应该会跟我联系。

老板转告了我妹妹的留言后,又加了一句,K 前辈找我。

妹妹留言说要给我汇钱,K 前辈则让我和他联系。

我往 K 前辈家里打电话,他夫人接的,告诉我 K 前辈两小时前出门了。他出门时留下了联系方式,夫人给了我他去的饭店的名字和电话号码。

我又往饭店打电话,K 前辈马上接听了。

"哦,三郎君,我在找你呢。你在东京吧?"

"是的。"

"现在能见面吗?"

"现在和朋友一起……"

"哦……"K 前辈的声音一下子低沉下来。

"有什么急事吗?"

"也不是。老师好不容易打来电话,指名要见你。"

"是打麻将吗?"

"不去一下也不知道有什么事。差不多吧,应该是打麻将。"

"……是这样啊。"

"没关系,你不用勉强,就和朋友一起吧。"

"对不起,是从青森县弘前市来的朋友。"

"那是,不好好陪陪人家说不过去。"

"十点可以结束吧。"

"是吗,十点啊。没关系,我等你。"

"明白了。你所在的饭店在哪儿?"

K 前辈告诉我赤坂那家饭店的名字和地址,最后还加了一句:

"老师让我转告你,他很谢谢你。想起来了吗?我们去外苑大街那家寿司店那天夜里的事情。他说你一直在守着他,很感谢你呢。"

"啊……"

"说是你一直守着他到半夜,他这才平安回到旅馆……"

"不是这样的。那天夜里,实际上……"

我告诉 K 前辈那天在神乐坂发生的事。

"原来是这样啊。不过,三郎君,你还是折回去了呀,我也很感激你。"

"不不,我还从老师那里拿了回去的出租车钱呢。"

那天深夜,老师坐了很久,终于从长椅上起身。我叫了一声老师。

老师看到我,露出惊讶的表情。

"你,一直在等我吗?"

"没,没有。我本来想回浅草的,但半路还是觉得不放心,就折回来了。"

"后来就一直在这儿?"

"不是,去了几家酒馆。"

"找我?"

"嗯,是吧……"

"那真对不起了。"

"老师千万别这么说。我看您在休息,也打了个盹。"

老师两眼直直地看着我。随后,他环视了一下周围。

"我小时候经常来这里玩。哪天只要逃学,首先就到这里把书包藏好。"

"老师也是个不听话的孩子吧?"

"不听话的孩子?啊,哈哈哈。"

老师高声笑了。

"战争时，这里举行过上战场的仪式。住我家附近的好几个学长上了前线。"

老师的目光似乎停在很远的地方。

"老师家就在这附近吗？"

"嗯。从这儿下了坡就是。这一带原来是个花园……"

"我老家附近也有个神社，经常去那儿玩。"

"三郎君的老家在哪儿？"

"山口县的防府。"

"哦哦，我想起来了。那天夜里玩骰子的时候你说起过。"

"啊……"

"防府有个赛车场吧。"

老师说着笑了起来。

"有。您说的是333[①]的乡下赛场吗？"

"以前那里有个选手，名字叫××，现在不知在干吗。"

"您说的这个××，现在还是赛车手。"

"很玩命的一个车手。我押中他好多次呢。"

"好厉害。"

"我有点事要先走了，三郎君，你呢？"

"我送您一下。"

我们走出神社，过了大街，走进一条小道下了石阶。

---

①赛道的一种，一圈为333米。

神乐坂

我们并排坐在小旅馆长廊的遮雨篷下,眼前是一个花园。

老师坐在我身边,看着那只猫。

小花园的中央有一个老旧的池塘,也许是没人打理的缘故,池中的水已经干枯。池中央有一只黑猫,安静地趴在一堆被风吹落的枯叶上。

老师的视线朝着那只猫的方向,但我不知道他是不是在看猫。

花园不大,其实只是一个走几步便能到门外的小观景园。墙外不时传来路人走过坡道的脚步声。

刚才的老婆婆扔下一句"稍等,我这就去沏茶",便消失了,现在还不见她端茶上来。

穿过神乐坂,从毗沙门天对面进入一条小巷,慢慢走下弯弯曲曲的石阶,这家小旅馆被黑色墙垣围在里面。正对着小旅馆有一家日式料理店。虽说这是家旅馆,但从它家庭式的氛围来看,更像是一家小酒馆。

老师哗啦一声拉开木门,几步走过石板地,站到玄关前喊了一声"都睡了吗"。老婆婆大概已经睡了,没有人应答。已过了深夜两点。

老师又喊了一声，比刚才的声音还大。屋子里传出一声猫叫。老师回过头来，冲我笑了笑，我也笑了。

猫在给人值班呢……

随即，屋里有了动静，有个人影在玄关门里面转动门把手。

了不起的小猫。

围着披肩的老婆婆走了出来。哎哟，是老师啊，我刚才一直在等您呢，太晚了就先休息了。她开心地说着，打量了我一下，问道，这位是××公司的人吗？

"不是，他是我朋友。"老师用清脆的声音答道。

晚上好，我叫三郎。我向老婆婆鞠了一躬，脚下传来小猫的叫声。小猫在老师脚边蹭了一下，又"喵"的一声消失在夜色中。

"我这就……"我正准备向老师告辞。

"留步……"老师说。

还是请喝了茶再走吧，老婆婆笑道。

老婆婆把我们带进了一个八叠大小的房间，正中央只放着一张被炉，极其简陋。

这两三天都关着，先换换空气。老婆婆说着拉开木套窗。夜色中可以看到被风吹弯的竹枝。也许是在坡脚下的缘故，令山毛榉呼啸的风声似乎也减弱了不少。

我这就去沏茶……老婆婆的说话声逐渐远去。老师和我走到廊下，眼前是一个和屋子差不多大小的院子，陈设也十分简单。

我们心不在焉地望着水池。老婆婆还没有现身。

白竹在风中摇曳。小猫蜷缩在池底，闭着眼睛。虽说池中没水，还是让人感觉非常奇特。

"难道躺在那里舒服……"老师注视着小猫说。

"不好说。"

"猫不黏人,光这一点就很了不起。"

"啊……"我没有立刻明白老师的意思,只好含糊地应答一声。

猫不黏人,光这一点就很了不起?老师说的是什么意思?

眼前的小猫身子一点点斜躺下来,看上去就像睡在水底。不知不觉中,理应没有水的水池中泛起了乳白色的水波,随着风声向四周散开,那上面出现了老师先前蹲坐在神社长椅上的身姿。我望着小猫,心情忽然变得难过起来。

我感觉我们在那里坐了很久很久。

背后传来了脚步声,老婆婆端着茶水走过来。她一边给我们倒茶,一边絮叨着,真对不住,老板娘不在家……啊,坏了,你们是不是想喝啤酒?

老师看了我一眼,我笑了。对了,我们还是要啤酒吧,老师说道。

老婆婆端来了啤酒。我接过来打开瓶盖,给老师的杯子里倒上,也给自己倒上。老师问坐在一边的老婆婆是不是也来一杯。

不了不了,这么晚了,我要喝一杯的话准睡不着了,老婆婆笑嘻嘻地答道。给你们拿点花生米吧,说着,她站起来。

老婆婆拿着一只盛花生米的小碟回来了。你们没见小春吗?她神情焦虑地问道。

"小猫在水池里呢。"老师笑眯眯地回答。

哦?真的吗?半夜了还洗澡。老婆婆嘟哝着,拉开木套窗,喊了一声小猫的名字。"喵——"小猫又叫了一声。

老师和我笑了,喝了一大口啤酒。

"再喝一点吧。要不来杯威士忌？"

"不了。"

"我没关系，反正一时半会儿也不干活。"

"您还要接着工作吗？"

"不了，打算休息一下。不过，好像歇了很久……再来杯威士忌吧。"老师说着就要站起来。

"我真的不用了。说实话，我在控制酒量。"

"身体不好吗？"

"不是，以前因为喝酒搞坏过身体。"

"肝？"

"不是，是心脏。"

我用右手食指在太阳穴上按了一下。听到我这么说，老师正抓着花生米往嘴里送的手停了下来。

"哦哦……很严重吗？"

"好像给人添了不少麻烦。我记得不是很清楚。"

"那是很麻烦……"老师像回忆起什么似的说道。

"您也得过酒精中毒症吗？"

"没有，我是药物中毒。当时只想治病，拼命吃药，也顾不上那么多副作用了。症状和酒精中毒差不多。"

"产生很严重的幻觉了吗？"

"停药的话会有。"

"症状相同。"

"你引发了心脏病？"

"我也不清楚。当时倒了下来，被人送到医院后时而清醒时而糊涂，记不清了。但心脏好像不错。"

"我也是。心脏太健康也不是好事，一旦变成植物人的话，死也死不了。"

"嗯。"

"你见过猿猴？"老师问的是幻觉时的症状。

"不错。"

"那个很可怕。面目可憎，还恐吓你。"

"……"我一时答不上来。

一提到幻觉，或是回忆起当时的情景，便很容易把人拉回那个恐怖的黑洞里。

"啊，不说了，不说了。这种话题很危险。"

老师摇了两三下头，似乎要把刚才的话题从脑子里甩掉。

原来老师经历过和我一样的遭遇……

"老师说得没错。"我答道，笑了起来。

"对不起，对不起，是我错了。"

说着，老师两眼凝视着被炉，眼神中透露出不安。这种神情似乎是在确认，千万别有什么不好的事发生。

我们的话题转到了竞轮上。

老师的记忆力好得惊人。我们谈到比赛的时候，如同置身于自行车赛的现场那样，很有临场的感觉。

"原来如此……原来我们在一个赛场玩啊。"

老师开心地说。我也兴奋起来。

"那场比赛开始前下起了冰雹吧？"

"是的是的，我吓了一跳。我还是第一次遇到比赛中下冰雹的事情呢。"

"我也是。冲在最前头的××尖叫着，要摔啦，要摔啦。"

"是吗，我没听见。"

我们说了一会儿话，透过木门的缝隙向外张望，不知不觉，外面的天色已经开始泛白。我站起来向老师告辞。

老师送我到玄关。有车钱吗？他问。有呢，我答道。

"三郎君，我很久没这么尽兴了。"

老师像孩子那样笑着。

"我也是。"

"四五天后能不能给我打电话？"

老师递给我一张小纸片。我接过纸片，里面还夹着一张五千元的纸币。

我看着老师。

"这样做虽说有点失礼，但请你收下，是车费。"

"我不需要……"

见我不肯收，老师的语气变得严厉起来："请你收下。"

"我收下。"

我慢慢走上石阶。一回头，老师正双手叉腰站在门口。我点了下头，老师向我挥挥手。我走到拐角处再次回过头去，老师依然站在那里。

我原本打算在新桥和Y分手，大概女儿订婚的事让他高兴坏了，Y要我陪他再去一家酒馆。

平时很稳重的Y变得话多起来。他缠着我说银座有一家熟悉的酒吧，一定要我陪他去，并说已经预约过了，说好带朋友过去的。

我没来得及说之后还约了人。

我往赤坂的店里打了电话。店里的人叫来K前辈。我向他说明情况。K 前辈说准备打麻将，人够了，没关系。

"那好，再联系。"我准备挂电话。

"啊，三郎君，等等。"电话里传来老师的声音，"上次的事谢谢了。给你添了不少麻烦。我们准备打会儿麻将，你不来吗？"

"听说人够了……"

"说的是，不过我们玩第二名让位①吧。你来了才有意思呢，一定要来呀。"

"谢谢您，我现在和朋友在一起，结束后马上过去。"

老师又把电话交还给 K 前辈。K 前辈把麻将馆的电话号码和位于四谷左门町的老师家的电话号码告诉我。

"我和那位朋友要耽搁些时间，不过一定会打电话的。"

随后，我和 Y 去了银座的酒吧。那幢大楼里各种商户混杂在一起。这家仅有吧台的酒吧里，比我们先来的只有一位客人。

见到 Y 的身影，貌似妈妈桑的女人高兴地叫起来。她和 Y 是老乡，操着浓重的家乡口音招呼我们。

听着他们交谈，我觉得东北话很好听，也可能是因为他们之间格外亲热的缘故。

"三郎先生是我在东京唯一的朋友。"Y 兴奋地把我介绍给妈妈桑。大概因为有点醉意，Y 介绍了好几次。每次妈妈桑都朝我笑。

"这家伙，小时候老在护城河里游泳，经常挨骂呢。不光是这些……"

妈妈桑说起了 Y 小时候的事情。她口中的 Y 在某些方面和我熟悉的 Y 并不相同，他害羞地挠着脑袋。

---

①日本麻将的一种游戏规则，即有五人在场时，半庄结束后，排在第二位的玩家让位。

喝了一会儿，我便丢下 Y 离开了酒吧。

此时已过午夜十二点。我在公用电话亭往麻将馆打电话。麻将馆的人转告我 K 前辈的留言，说他们去了左门町继续打麻将。

我又将电话打到左门町，有个男人接起电话。我报上名字，K 前辈立刻拿过听筒。他说麻将已经开始了，让我尽快过去。我告诉 K 前辈正准备离开银座。

我打车去了左门町。出租车正要从银座通过外堀大道的那一刻，我感到一阵胸闷，开始反胃。

难道喝多了？只去了两家店，并没有喝很多酒。我想着究竟是什么缘故，忽然觉得想吐。

"不好意思，请停车。"

司机从后视镜中一脸疑惑地注视着我，我说自己想吐，就在这里下车。

我谢绝了司机要等我的好意，向日比谷公园内飞跑。

我吐在了草丛里。尽管天色太暗看不清楚，但似乎并没有吐出血来。该不会是食物中毒吧？可我一点也不记得吃过什么不好的东西。

将胃中的食物吐空后，人变得轻松起来。我找到公共厕所，漱了口。衣服没有沾上脏东西。

进来一个人，从他的穿着上一看便知是个流浪汉。他一开口就问我要钱。

我望着他，他避开我的视线。

"你要多少钱？"

流浪汉抬起头来，考虑了一会儿说，给一千元吧。我又看了他一眼，他立刻将目光移开了。我让他回过头去，从钱包里抽出一张一千元，放在洗手池的瓷砖上。

流浪汉拿起钱，有礼貌地道了谢，声音很清脆。

我正打算横穿过公园，又一阵恶心的感觉袭来，便在长椅上坐下歇了一会儿。

胃痛这种症状，还是第一次遇到。如果以这样的状态去了左门町，只能给大家添麻烦。他们人够的话，今晚还是别去了。

我抬起头，夏夜的月亮在大树的缝隙间闪烁着光芒。我想起在神乐坂的神社里坐在长椅上的老师。

犹如月光从空中洒向公园里那样，我仿佛听见了老师的声音。

"不是，他是我的朋友。"是老师向旅馆的老婆婆说起我时的声音。

我不知道此时为什么会回想起那一刻的声音。

虽然没有可以依靠的人，但我并不感到孤独，也没在什么时候有过寂寞的感觉。也许在被老师称为朋友的那一刻，我反倒有些不安。

在刚才那幢混杂着各种商户的大楼里，Y好几次说起我是他在东京唯一的朋友，可我却觉得事情不是这样。

眼前又出现了老师在呼啸的风中蹲坐着的身姿。

我怎么了……

我对自己的情绪感到困惑。

这一年里，不，从很久以前开始，我一直避免与某些特定的人和事产生牵连，这似乎成了我生活下去的本领。虽然不清楚是在什么时候掌握这种本领的，但我能很自然地回到只有一人独处的场所和状态中去。

我不再看月亮，环视了一下公园。恬淡的月色中静静地伫立着一棵棵大树、一栋栋建筑物。

我耳边又响起了什么人的说话声。

是男厕所里遇见的流浪汉的声音。

谢谢，就是那个清脆的声音。

抵达左门町时已经过了三点。我按下门铃，一个初次谋面的男人开了门。

"欢迎。"男人笑着说道。随后他又叮嘱了一句别忘记锁门，便消失了。

大家围在麻将桌边。我看到了K前辈的背影，他的后背动了一下。

"怎么回事，三郎君？从银座走来的？"他说着，看了一下手表，"走也要不了这么久啊。要不然是像兔子那样一跳一跳蹦着过来的？"

大家都笑了。

"马上就完。"老师说。

"不能完，现在是我坐庄，我要连赢五十二本场①。"

大家又笑了。

"三郎君，我给你介绍一下。这位是S老师，和对家的那位老师不同，他是正宗的中学老师。这位是著名的I君，是妇产科医生吧。"

S老师点了下头。I先生站起来。

"我叫I，请多关照。"I先生彬彬有礼地自我介绍。

"我叫三郎。这么晚才来，对不起各位。"

"被银座的小姐缠住了？"

K前辈还是拱着后背，头也不回地说。

"不、不是。"

听着我吞吞吐吐的回答，老师笑着开口了。"K先生，行了吧。你的七筒，我碰。"

---

①日本麻将术语，相当于大满贯。编注。

"啊？哈哈，我听牌了。"

"什、什么？"

"听牌啦。您没听清楚吗？您一出牌我就和。绝不留情。"

"真受不了。你那牌听的。这牌要和的话，人品该有多坏。"

I先生轻轻地打出一张牌。

"过——"

"啊，我也听牌了。"

"啊？"

简直是快乐的麻将。大家玩得兴致十足。

与上回在同样的屋子里和来取稿的编辑们一起打麻将的情形不同，眼前这些人玩得格外开心，让我也感到愉快。

他们在玩什么……我没看到赌钱时才有的那种剑拔弩张的气氛。

难道他们没有赌钱……不会吧。

但无论在老师身上，还是在那三个人身上，我都没有嗅到金钱在其中发酵的独特气息。相反，我感到他们身上洋溢着只有远离赌博才能看到的温情。

他们好像冲破渔网在水中相互戏水的鱼儿，又仿佛在洒满阳光的河边玩耍得亲密无间的小鹿。

场面十分温馨。这究竟是怎么回事呢？毫无疑问，一定是老师营造出这种奇妙氛围的，我想。

真了不起啊……我望着老师。

老师正严肃地注视着对手们打出的牌。他时而对打出牌的人翻一下眼皮，时而犹如揣度对手意图似的凝视别人。

被他盯着的人笑着问："怎么啦？"

"没什么。"

望着只回答一句的老师，我不由得暗自笑了。

在我的眼里，他们甚至像贪玩的小狮子，啃着、玩弄着百兽之王的毛发、脊背、脚和尾巴。

半庄结束后，S老师站了起来。

"你来吧。"

"我就不玩了。好像有点发烧，就在边上观摩吧。"

"那怎么行，不用客气。"S老师说。

"就是就是，在这里不用那么客套。发烧的话正好传给别人，回家管保就好！"K前辈说。

"说得没错，你就来吧。"I先生说。

"我们不玩半庄了，玩东风①怎么样？"老师提议道。这种打法能更快决出胜负。

我们开始了第一局，由我坐庄。我三下两下便鬼使神差地给I先生的一手大牌点了炮。

他手里是漂亮的清一色，并以出人意料的速度和了牌。我们三人盯着他的牌看了好一阵。

"人家发烧了，你居然和人家的牌，太不厚道。"K前辈说。

"我也这么觉得。"老师说。

"这，这从何说起……好不容易做成一手大牌，谁都不会不和吧？"I先生笑着辩解。

"换我的话一定不和，点炮的人病了。"

"同意。不过，确实是一手好牌。"老师凝神看着I先生的脸。

"怎么啦？您的眼神。我没有作弊啊。好讨厌啊，你看这人。"

---

①指只打东场的四局牌，比半庄牌局减少一半。编注。

第二局刚第一轮，老师便碰了西风。

到了第二轮，我才打出一张牌，老师叫了起来："和！"

"啊？这么烂的牌您也和？哟，三郎君，你全赔……啊，不好，我第三名。"K前辈咬牙切齿地对老师说。

"对第一次打牌的人，况且还病了，您碰了一口西风就和啦？刚才还说人家I君不厚道。"

老师沉默了一小会儿，开口说道："三郎君，对不起。"

"哪里哪里。"

老师得了第二，只好让位。四个人又开始打牌。

"我给各位煮咖啡吧？"老师说。

I先生站起来。我来吧，他说。我也站起来说，还是我来吧。

K前辈彬彬有礼地说道："老师说了要给大家煮咖啡，让他煮才是正道。况且老师今晚是个大赢家呀。"

我们就这样一直玩到天亮。

大家出了老师家的门，走到街上。

到大马路后，K前辈和S老师坐出租车走了。由于我最年轻，就在路边等I先生的自驾车。

I先生比我身材高大。刚才在麻将桌上我就感到很惊奇，他的手特别大。

"还在发烧吗？"I先生问道。

"玩得很开心，都忘记自己发烧了。已经没问题了。"

"那就好。三郎君，你很熟悉这一带吗？"

"不算很熟悉。您问这个……"

"我想要不要去喝一杯？三郎君很能喝吗？"

"好啊,少喝一点没问题……哪里都行吗?四谷附近有居酒屋。"

"嗯,哪里都行。要不就去那里吧。"

我们迈开步子,朝四谷的方向走。

"你和老师认识很久了?"I先生问道。

"不。今天是第四次见面。"

"是吗……很有趣的人吧。"

"是的。"

"觉得老师怎么样?"

不远处,有一盏红灯笼在风中摇摆不定。

"就这儿吧。"

"我先进去看一下。"

I先生是职业歌手,很多人都知道他的名字和他唱的歌。如果进了一家奇怪的店,遇到什么熟人的话,他一定很尴尬,所以我先进店去查看一下。

不过,I先生旋即跟了进来。

"三郎君,你不需要多虑的,我没问题。"

玩麻将时我就想,I先生没什么架子,这一点似乎和老师有点像。

两人在吧台的一角坐下,要了两杯酒。

"一个魅力十足的人。"

"啊?您说的是谁?"

"老师。"

"嗯,您说得没错。的确很有魅力。我第一次遇到这么有意思的人,让我觉得世界也变得有趣了。"

I先生笑着将酒杯送到嘴边。

"三郎君在哪里高就?"

"现在什么都没干。"

听了我的回答，I先生将目光移到酒杯上，忽然笑了。

"好啊，太好了。"

"不好意思。"

两人沉默着喝了一会儿。

"三郎君，经常见见老师吧。该怎么说呢，也就是感觉吧，三郎君也一定会有不少收获。"

"您说得很对。K前辈经常叫上我，常能见到老师。"

"不错。下次再玩吧。今晚玩得很开心啊。谢谢你陪我喝酒。"

我握住了I先生伸到我面前的手，果然很大。

我们出了居酒屋，拦下出租车。

目送着驶入车流的出租车，我心里想，I先生这种类型的人，我也是第一次遇到。

当我乘坐的出租车开始向浅草方向疾驶时，才忽然想起老师给我车钱的事，忘了向他道谢。

"糟糕……"

我不由自主地嘟哝了一句，司机问我，有事吗。

"没有没有。"

天色渐渐泛白，我望向护城河一侧的大街。

一　宫

我在东京站酒店前等老师。

和老师约好的时间已经过了一会儿,不过我并没有着急。

老师一定会来的。三天前的晚上,在新宿的酒馆里和老师告别时,他说:"三郎君,我不管遇到什么事都会去的。"

我还看到他在酒馆的火柴盒上写下今天见面的时间,装进口袋。

而且,昨天 K 前辈为了确定今天见面一事,特意手绘了一张会合地点的地图发给我。地图的一角还写着:老师好像要去一个非去不可的地方,这事就拜托你了。

今早天气分外晴朗。抬头望去,夏日万里无云的天空让人心情格外舒畅。清晨的车站一带已经车水马龙了。

老师不管是从练马的家里还是从左门町过来,都应该坐出租车。不过,我还是眺望着从车站通往皇居的笔直的大道。马路两侧,银杏树摆动着茂密的绿枝,通往皇居的大道犹如绿色的立体画一般悬浮在空中。我还是第一次在东京的闹市中心见到如此宽阔的大道。开放式的风景让人感到些许不安。

一个小时过去了,还是不见老师的踪影。我想得在这里一直等到老师出现。

我听到了鸟的叫声。急促的鸟鸣。抬头望去,只见几十只麻雀在银杏树的周围,忽而向左、忽而向右,争先恐后地飞来飞去。既像在嬉戏,又像在使劲地绕圈飞腾。

鸟儿们旋即向皇居方向飞去,渐行渐远,犹如飞进了眼前的立体画深处。

不久,鸟群便消失得无影无踪。立体画的中心,一个影子忽隐忽现地进入了我的视野。影子仿佛蚂蚁般长着大脑袋,逐渐向我靠近。天气格外晴朗,太阳的光焰在晃动。那个人影从光焰中走来。

啊?我凝神注视着那个人影。难道是……

影子现出了清晰的身形,沐浴在晨光里。我看清楚了,是老师。

"是老师……"

我不由自主地轻声嘟哝。

老师微低着头,右手插在上衣口袋里,不紧不慢地走着。他时不时地朝我站的方向望上一眼,似乎在确认目的地。他正脸朝着我时,显得格外红光满面。

我还是第一次在白天的阳光下见到老师。

火车开了,老师目不转睛地望着车窗外。新桥和浜松町的街景在眼前流动。老师似乎并没有关注什么,只是视线对着窗外而已。

老师穿着外套坐在狭窄的座位上,我觉得这种不合常理的行为才是老师的风格。而且,我们即将开始两天一夜的竞轮旅程,他却没有带任何行李。说到空手,我也一样,身着外套坐在火车里。两人相同的行为,让我有种说不出来的安心。

我和老师两人就这样踏上"旅途",真的非常奇妙。

三天前，我、老师和 K 前辈喝酒时，说到了竞轮的话题。

老师忽然很认真地说："三郎君如果不介意的话，能带我一起去吗？"

"嗯？可、可以……"

我一答应，K 前辈便在边上警告我："三郎君，还是不要答应为好。老师的胃口好得可怕，还不管在什么地方倒头就睡。我光伺候他一天就吃不消了。"

"哦……"我含糊其词地应道。

老师大声说："我绝不给你添麻烦。控制胃口。今晚开始为去竞轮作准备，好好睡觉。"

"您同我和 I 先生出去旅行的时候也是这么说的。"

"那时身体不好。这一次我会做好充分准备。"

"我好像听谁说过这话。"

K 前辈这么一说，老师的双唇紧闭成一字形，目光落到手上，一动不动。他的模样就像孩子不知所措时浑身变得僵硬一样。

"三郎君，拜托了，我绝不给你添麻烦。"

老师从吧台边的椅子上站起来，给我行了个最高级别的大礼。

"请、请您别这样。带上您，我一点问题都没有。"

听我这样回答，老师露出白牙笑了，转身去了洗手间。

我一个人有些担心，于是邀请 K 前辈同行。K 前辈说自己工作很忙，去不了。

一旦真的和老师两人外出，还真希望能有 K 前辈同行。

老师沉默地注视着窗外。我有点紧张，心里觉得要说点什么，但不知说什么好。时间就在这种不自然的氛围中流淌。

火车刚过了新横滨站，我问老师：

"您想吃点什么吗？是去餐车，还是我去买便当回来？"

"嗯……我不饿。三郎君要是饿了的话，请便。"

"我不饿。"

"哦。好久没有出远门了，我有点兴奋过头了，昨晚怎么都睡不着……"

"那您休息一下吧。"

"我一点都不想睡，好像孩子外出旅行一样。"

说着，老师有点羞涩地笑了。我也跟着笑起来。

老师也会这样啊……我有点惊讶。

"再说一宫那里，不管是赛车场还是街道，都有我的回忆呢。"

说起今天我们两人要去的赛车场所在地爱知县一宫市，老师一脸开心的神情。

"是那样啊，应该有很多珍贵的回忆吧？"

"嗯，有一些。"

老师的表情和平时不同，显得格外有神采。原来老师对这次旅行充满期待啊。

我把在车站买的竞轮报纸和铅笔递给老师。他接过报纸，从口袋里掏出钱递给我，大概是买报的钱吧。

"回家后再算账吧。"

"不，每次都算清楚比较好。"

"那好吧。"

老师把明天的买报钱都给我了。

"去一宫是要在名古屋换东海道线吧？"

"是的。以前您是什么时候去的？"

"我想想……应该是八九年前了……"

老师说着,闭上了眼睛,歪着头,好像在回忆。

"××××。"

他忽然说出了车手的名字。

"他是去年退役的选手吧。"

"你说得没错。在这个车手身上下注,倒赢了一些钱呢。"

"他是个很有斗志的车手。"

"对。他叔叔过去也当过车手,也是很勇猛的选手。"

"哦。"

老师用怀念的口吻说起一些车手的往事。

火车驶过相模川上的铁桥。我望着大海一侧的窗子,蓝天下的大海泛着金色涟漪,隐约可见。

车厢前部的门打开了,售货员拉着手推车进来。

"幕内便当要吗,小田原特产……"

听到售货员的叫卖声,老师看了我一眼。

"肚子有点饿了吧?"

两人买了便当,开始吃起来。

"是栗子饭啊,太好吃了。我们中头彩了。"

"是很好吃,开门就中了头彩。"

"但愿能一直中下去。今晚住在一宫吧?"

"是的。只预约到了便宜的旅馆。"

"那才有情调。不错,这个栗子饭真不错。"

"对不起,我忘了买饮料,马上去买。"

"别忘了回来。"

"放心吧,马上回来。"

我买了热茶返回座位，发现老师的样子有点奇怪。

他蜷着身子，耷拉着脑袋，闭着两眼。吃了一半的便当打开着，一根筷子掉到了脚边。

这是怎么了？身体不舒服吗？老师的样子实在很古怪。

犯病了吗……我瞬间想到。

他放在膝盖上的手握成拳头，手指在颤抖。我靠近他的脸颊仔细观察，在他耳边低声喊了几声："老师、老师。"

没有反应。

"老师，您没事吧？"

老师似乎听到了我的声音，轻轻点了两下头。他慢慢松开握着的拳头，做了一个大概表示"没事"的手势。

即便如此，他额头还是汗流如注，汗水顺着鼻尖和脖子流下来。

这是怎么了？老师的身体出问题了，一点也不用怀疑。

就这样听之任之吗？还是在下一站下车吧……我心里这样想，可火车要到名古屋站才停车。

这不像 K 前辈所说的突发性睡眠症。不，也可能是突发性睡眠症比较严重的症状。

"老师，您喝茶吗？"

"……"

没有反应。老师还是耷拉着脑袋，双目紧闭。可能说不了话。

我去洗手间，用装茶水的纸杯接了一杯冷水。

老师仍然毫无动静。我忽然发现不知什么时候，窗帘被人放下来了。

对了，不如问一下 K 前辈。

我走到有公用电话的车厢，拨通 K 前辈家的电话号码。K 前辈家的保姆接了电话。她说K先生工作到天亮,还在休息。"

我向保姆说明了情况。过了一会儿,K前辈接了。

"喂喂,是三郎君吗……"

我告诉他老师的状况。

"不是睡眠症吗?"

"老师没有睡着,一直闭着眼睛,很痛苦的样子。"

"之前你们干什么了?"

"吃便当。"

"不是食物中毒吗?"

"不会吧……才吃几口。看上去有点像犯什么病了。"

"犯病……"K前辈的声音听起来,语调似乎拉得很长。

"我该怎么办?是不是要让火车停下来,送老师去医院?"

"三郎君,这恐怕做不到吧。"

"老师的样子真的很痛苦。"

"三郎君,你现在回座位看一下再给我打电话,说不定已经好了。"

"哦,好。"

我回到座位。老师的表情看上去比刚才缓和了一些。不过,他还是双目紧闭,身体一动不动。

"老师,您怎么样了?"

"……"

没有反应。但他的脸色变得红润起来,也不再流汗了。

我走过连廊,给K前辈打电话。

"打扰了,我是三郎。硬币快用完了……"

"三郎君,火车到哪里了?"

"应该到静冈县附近了。"

"窗外能看到富士山吗？"

"嗯？您说的是那个富士山吗？"

"是。"

"没错，我们说竞轮的话题时还开着窗户呢……但现在拉上窗帘了。"

"是你拉上的吗？"

"不是。"

"这就对了。问题出在富士山。"

"啊？您说什么？"

"我是说老师身体不舒服，就是因为富士山。怪我没告诉你，老师见到尖的东西，有时就会犯病。"

"……尖的东西？"

"比如鸟的尖喙。那些圆锥体的东西也不行，他会很害怕，有很奇怪的生理反应。看不到富士山了，他就会好的。不好意思，昨晚我熬夜了，挂了。"

"好，好……"

那天的赛车到了后半场变得十分激烈，很多选手摔倒在赛道上，这让看台上的粉丝们变得异常亢奋，叫喊声不绝于耳。

老师在上半场为一场比赛下了注，结果与他的推断大相径庭。之后，老师便一直在看台上睡觉。

周围的人个个赌红了眼睛，在赛程中不断怒吼着。在这样的氛围中，唯独老师身穿外套、手插在口袋里熟睡，模样宛如刚刚长大的春蚕，让人看在眼里都觉得幸福。

老师熟睡的脸上，完全没有了在火车上那种痛苦的表情。暖洋洋的秋日阳光照在他身上，外套反射着耀眼的亮光。

赛车场的整体造型像一座圆形的罗马斗兽场，所以哪怕没有风的日子，也有风从什么地方吹进来。

风犹如一双手，轻轻抚摸着老师的头发和脸颊。我第一次见到老师如此安详的表情。

和老师一起来是对的。我想。

如果自己去下注买车券的话，没准有很多坏家伙将手伸进老师的口袋，所以我便雇了一个专门替人买车券的小伙子，他们被人称为"信童"。虽说信童是当地的地头蛇雇用的人，但这却是个彬彬有礼的年轻人。

"那位先生在赛场一直就这么睡觉吗？"

"今天睡得挺香呢。"

经我这么一说，也许老师的模样实在太可笑了，小伙子压低嗓门像鸡叫一样"咯咯咯"地笑开了。

"你们明天还来吗？从东京来的话，今天要住宿吧？"

"我们住一宫。大家从全国各地赶来赛车场，找不到好旅馆了。"

"我来问一下哥们儿。"

"别给我找那些不着边儿的地方啊。我带来的可是很重要的老师。"

"哦——那人是老师吗？看上去不像啊。"

"真正的老师才那样。"

"看不出来……"小伙子睁大眼睛看了一下老师，笑了。

"行啦，快去买车券。还有，帮我问一下旅馆。"

"明白。又便宜又好的旅馆。"

"不便宜的也行。"

"好。"小伙子哧溜一头扎进了人堆里。

全国五十多个赛车场都有地头蛇，他们有的把持了与竞轮有关的生意，有的只在比赛当天设摊做买卖，有开饭店的，也有开黑车的……各种营生不一而足。所以，让他们找旅馆绝对不会有错。

一宫赛场所在的中部地区是日本赛车场最多的地区。当地过去有很多人从事纺织业，赌博业也十分繁荣。战后不久，纺织业十分景气的年代，有很多中部地区的竞轮赌徒去全国各地参赌。

"呜——"的声音传进耳朵。我望向老师的脸，他犹如刚做了一个美梦似的，吐了一口气。

这张脸与今天早上火车中那张痛苦的脸重叠在了一起。

K前辈说的话又在我脑海里回响起来。

"老师身体不舒服，就是因为富士山。怪我没告诉你，老师见到尖的东西，有时就会犯病……那些圆锥体的东西也不行，他会很害怕，有很奇怪的生理反应。"

因为害怕而出现奇怪的生理反应，虽然听说过这回事，可在现实中还是头一回亲眼见到。再说，世上尖的东西不计其数，如果看见那些东西都会起反应，并且痛苦不堪，岂不是无法生存了。

我环视了一下整个赛车场。无论是旗杆、风向标，还是施工现场为了阻止自行车进入而摆在地上的塑料三角帽形状的物件，都是尖的。

我还凝视了一会儿手里红铅笔的笔尖。

老师不怕铅笔吗？如果连铅笔也害怕，不是连工作也干不了吗？

老师又长长吐了口气。

听到老师的吐气声，我不禁笑了出来。

拜托小伙子找的旅馆预约好了，我和老师打车去一宫的闹市区。

"说是闹市区，其实范围很小。"司机说。老师将要去的某某町的街名告诉了他。

"那里已经变得很萧条了。"

"过去应该有个电影院吧?"

老师好像要去那条街。

"那个电影院早关了。"

"哦,请带我们去一下吧。"

出租车不久便抵达了目的地。和司机说的完全一样,那一带的大街小巷空空荡荡,几乎没有商店亮着灯,显得十分昏暗。

老师目不转睛地望着窗外。

"您看到了吧,先生。"司机放慢车速,驶入曾经繁华的闹市区。

"请把车停在那个角上。"老师说。我们下了车。

出租车开走了。我们被包围在昏暗的夜幕中。商店都打烊了,也没有行人来往。

老师站在街道中央,环视了一下左右和身后。应该是这里,他说着,迈开了步子。

老师有时会突然疾步行走,第一次在新宿见到他时也发生过这种事。也许他本人并没有意识到,但和他一起走路的人会被这突如其来的速度吓到。

拐过两条小巷后,老师停了下来,打量眼前的建筑物。这里就是已关门大吉的电影院。

这家电影院应该有个名字吧,正面的墙上还留着一个"座"字,不过也是缺胳膊少腿地粘在墙上。

"那个年代,也算是很现代化的电影院了吧?"我说。

"你说得没错,非常现代。"

老师用很遗憾的口吻回答。

"过去经常来这里玩,有时一连几天都待在这个电影院里。其实在东京就能看电影,但还是特意跑到这里来……"

我听见老师重重的叹气声。

老师走到电影院后面。那里有家店铺,孤零零地亮着一盏灯。他停下脚步,打量了一下店面。

"是这家吗?"

"好像不是。"

但周围没有发现其他店铺。

"进去看一下吧。"老师说。

"嗯。"

推开玻璃门,一个头上包着头巾的女人和一位少年注视着我们。少年看上去像是女人的孩子,中学生打扮。

只有一位顾客边看杂志边吃着饭。墙上挂着一些套餐的菜单。老师走到桌前,环视了一下店内。

"您要来点什么?"餐吧里的女人问道。

"我们喝点啤酒吧?"

"好的。请给我们来瓶啤酒。"

少年拿来啤酒,我和老师喝了起来。

"要什么主食?"女人问。

"过去这里有家店,我经常在那儿吃酱烧炸猪排……"老师说。

"那是隔壁的店。是我外婆开的。她七年前去世了,店也关了。要不我做给您吃吧?不过味道和外婆做的不能比。"

"那就麻烦你了。"

"要一份吗?"

我竖起两根手指,说要两份。

"您光顾那个店是很久以前的事了吧?"

"不,也不是很久。可能是我记错了。"

在主食端来之前,我们又要了一瓶啤酒。这瓶啤酒也立刻喝干了。在赛车场上,身体里跑掉的水分比想象的还要多。

"还有黄酒,要喝吗?"

"好啊。"

"三郎君,没记错的话,你说过要少喝点酒吧?"

"今晚没关系。一赌起来,身体就平衡了。"

"哦,我明白了。原来如此……"

老师点着头。

"原来如此?如什么?"

"听说喝酒会让内分泌变得协调,好像肾上腺素也会增加。"

黄酒上来的同时,主食也上来了。

"看上去很美味啊。"

"是啊。"

猪排很嫩,用筷子就能划开。第一口送进嘴里,非常可口。老师也像在品尝是不是这个味道似的咀嚼着。

"怎么样?和我外婆做的差远了吧?"女人说。

"不不,非常好吃。说不定比外婆做的还好吃。"老师说着,咧嘴笑了。

"你们是来玩竞轮的?"

女人注视着老师。她怎么看出我们是来玩竞轮的?

"我们过去见过?"老师问道。

女人说自己离开这里很久了,应该没见过。

老师时不时瞥女人几眼,似乎他的记忆片断中残留着对这女人的回忆。

之前的客人起身离开了。

一阵奇怪的声音传进耳朵,原来是少年开始玩电视游戏。

××,声音太闹了,听到没有?!女人呵斥少年。

没关系,老师说着,对少年笑了一下。

老师问起最后一场比赛,为什么赛车场里那么吵闹。我告诉他因为有车手摔倒,而且一辆接着一辆。他点头表示明白了。

"竞轮很有趣。明天比赛的报纸差不多要出来了。"

"回去路上买吧。"

"今天的报纸,我掏钱了吗?"

"是,是您付的钱。"

老师歪了下头,表示不记得这件事了。他站起来,问女人洗手间在哪里。

在去洗手间的中途,老师站在少年身后看他玩游戏。

"玩得很熟练啊。"

听老师这么说,少年不好意思地笑了一下。

玩那些东西没有一点帮助,真受不了他,女人叽里咕噜地埋怨。

"不对,玩游戏以后会有用的。"老师对女人说。

从洗手间回来,老师将端上来的又一碗饭三口两口地送进肚子后,我们便出了店门。

走在小巷里,老师似乎在自言自语。

"电视游戏看上去也挺有意思的。"

"您也想玩吗?"

"不不,我从来没玩过,看起来要花很多时间。"

"一个人玩真的有意思吗?"

"有意思。游戏从本质上来说是一个人的行为。但那种游戏不算是一个人玩吧。"

"哦，是这样啊。"

"听说今天全国的孩子在同一时间玩那个游戏。如果把家家户户的房顶掀掉，从空中鸟瞰的话，应该有几十万儿童在玩同一个游戏，那不就是和大家一起玩吗？"

啊，原来还能这么想，我寻思。

我和老师并排走着。我忽然感觉地面很亮，于是停下脚步，抬头仰望天空。

正是皓月当空之时。十五的圆月散发着与人的肌肤近似的光泽。

老师也停下来，抬头望了一下月亮，又马上低下头去。

"三郎君，你经常仰望天空？"

"是的，好像是小时候养成的习惯。"

"是吗。我不怎么看月亮和星星。"

我想问老师今早见到富士山的事情，可又犹豫是不是不该问。

"我们再去喝一杯吧？"

我答应了老师的提议。

月亮不时隐入白云后面，老师高大的身影也不时消失在夜幕中，又不时出现。

前方的店铺亮着灯，街边站着的女人身影在晃动。我和老师不知不觉走入了夜店街区的一角。四周独特的气息，显然是不管哪里的夜店街都有的特征。

一个穿红连衣裙的女人走近老师。女人脚下传来响亮的木屐声，走路的姿势目中无人，俨然一副审视闯入自己领地的猎物的神态。我快步靠近老师，两人已经开始交谈起来。我的视线跃过老师的后背，能看到女人在笑。

老师似乎对女人主动上来搭腔表现得很兴奋。女人的表情逐渐变得娇滴滴的。两人的笑声也从起初礼节性的笑，变成了矫揉造作的媚笑。我想，如果老师愿意去那种场所的话，就随老师的愿好了。

突然，看上去和老师谈得很亲热的女人大声吼了起来。

"※※※、※※※、※※※……"

她过于亢奋，根本无法听清从她嘴里吐出来的一连串话语，只能从时不时夹杂其中的侮辱男性生殖器的词汇中，感觉到她的暴怒。

女人无休无止地怒骂老师，我只好插到两人中间，警告她住嘴。她好像遇到了让她很生气的事情，根本没有住嘴的意思。老师的嘴里也在嘟哝什么，我听不清楚。也许女人听懂了老师的话，又大声叫骂起来。她一个箭步冲上去想要抓住老师，我拦住了她。女人将一口口水吐到了我脸上。

"浑蛋，你要干吗？"

我一把抓住女人的两只手腕，她的脸扭曲了。她充满怒火的眼神逐渐缓和下来，甩掉我的手，迈着大大咧咧的步子向店铺走去。

"老师，我们走吧。"

我迈开脚步，可老师站在原地一动不动。

我回头看老师，他轻声吐出一句话："干吗发那么大的火……向她赔礼道歉。"

"为什么？她那么野蛮。"

"不是……"

"是那个女人先搭讪的，也是那个女人突然发火的。"

"你弄错了……"

我向刚才女人来的方向张望了一下，试图找到那条红连衣裙。但她的身影混杂在一堆女人中，我没法找到。

望着僵在一边的老师，我说："明白了，我把她找回来。请您等我一下。"

我刚迈出脚，老师叫住了我：三郎君，算了。

我们决定回旅馆，打算拦一辆出租车，于是向大马路走去。刚走了没几步，老师又停下来。

难道他还想回去……

我回过身。我们回去找她吧，我说。老师眯缝着眼睛向小巷子里张望。

"怎么了？"我问老师。他举起手指着小巷。小巷深处有一家店铺门口亮着灯。那是霓虹灯组成的文字。

"是酒吧之类的地方吧，要坐一会儿再回旅馆吗？"

"霓虹灯上写着爵士乐……"

由于霓虹灯在小巷深处，我也眯起眼睛，终于认出了灯组成的文字。确实是"爵士乐"几个字，店名已经暗了一半。

老师忽然笑起来，露出了白牙。

看到老师犹如发现了什么宝贝的开心笑容，我想起了K前辈说的话。

"他的兴趣爱好很广泛……比如电影，是吧。还有轻歌舞剧，再加上落语。还有爵士乐，爵士乐懂那么一点儿。还有相扑……还有，毒品。啊，我差点忘了食物。那可要吓着你的啊。"

"为什么吓着我？"

"饭量不是随便说说的，他是个大饭桶啊。听老师说好像是家族遗传。他父亲七十岁之前，早中晚每顿两大碗，一眨眼的工夫就能吃得精光。去饭店吃饭，一不小心就会要上一大堆饭菜。"

"原来是这样啊。还有赌博吧？"

"赌博不算爱好,那是老师天生的才能。"

"哈哈哈哈。"听 K 前辈这么一说,我忍不住笑了。

K 前辈说老师略懂爵士乐,如果能借此让老师心情好起来的话就好了。

我们去那家店……就去那家。我话还没说出口,老师已经向小巷深处走去。我赶紧追上。

到了店门口,老师停下来向里面张望了一下,然后朝店主站立的吧台对面的座位走过去。

音乐声很大,我感到脚下的地板跟着音乐的节奏在晃动。对着我们座位的吧台正面,左右有两个突出的音箱。

墙、地板和椅子都是木质的,看上去像个音乐工作室,装修得很漂亮。

店内只有吧台一处有灯光。我们桌上的玻璃容器中的烛火在晃动。有一位顾客坐在吧台边,里面的座位上还有几位客人。

留着胡须、貌似店主的男人从吧台后走出来,问我们想喝点什么。

"我要金青柠。"老师的声音听起来很兴奋。

"我和他一样。"我说。

老师问店主,是 ×× 年前后艾灵顿的 ×××× 吗?

店主笑着点了点头,鼻子上的皱纹挤在一起。

"您喜欢吗?"

"很好听,那时的 ××××,中音萨克斯是约翰尼·霍杰斯?"

店主露出惊奇的神色,翘起右手大拇指。

老师一脸满足地点了点头。他的右手放在膝盖上,敲着轻快的节奏。

酒来了,我们拿起酒杯。

"这个店很不错吗？"

"不错。遇到这样的店，出来旅行才有意思呢。"

"是啊。"

"三郎君，你爱听爵士乐吗？"

"现代爵士乐不太……格什温的曲子听过一些。"

"格什温的曲子很不错啊。'波吉、我爱你''我的男人离我而去''我所爱的人'……"

老师一个接一个地说着曲名。

"听到艾灵顿和贝西就让人高兴。"他心情不错。

"我去买竞轮报纸吧。"

我站了起来。老师拉住我的袖口。

"三郎君，报纸回去路上买也不迟。我们一起听吧。我让他放格什温的曲子。"

我又重新坐下。

我们又要了金青柠。店主端酒来时，老师说："等会儿也行，能不能请你放格什温的曲子？"

正巧一曲结束，店主从背后柜子里摆成一排的唱片中取出几张。

"三郎君，看来我们的旅行会很圆满。没有白来一趟。"

"但愿如此。"

"我一定尽量不给你添麻烦。"

"不不，我不是这个意思。"

"我还带了些工作。"

"您要工作时请告诉我。今天的旅馆不要紧吧，您的工作？"

"没关系……刚才吓你一跳吧。"

"是啊，真是个无礼的女人。"

"不，无礼的那个人是我。其实，我每次被骂的概率几乎是百分之五十。"

"是吗？"

"我做完手术后，那种事就完全不行了。不知怎么解释才能对那些女孩子不失礼呢？我每次都做不好。殿山的那一套也不管用。"

"怎么回事？"

"有个朋友教过我对付夜里大街上那些站街女孩的好办法，可都行不通啊。"

"什么办法？"

"我有个朋友是演员，叫殿山。"

"殿山？"

"嗯。殿山泰司，听说过吗？他是我玩爵士乐时的朋友。"

"演《裸岛》的那个人？"

"没错没错。果然看了不少好片子啊。"

"他还演过漂流船的船长吧……"

"那部片子叫《人间》。《人间》和《裸岛》都是新藤兼人导演的。三郎君，你喜欢看电影？"

"不不，也谈不上喜欢……"

"看过两部以上殿山主演的电影的人太少了。"

格什温的曲子响起，我们开始听音乐。

我们在那家店里待了将近两个小时。店里的客人陆陆续续走后，店主来到我们的座位前，和老师聊了很长时间的爵士乐。他们聊到一个姓冈崎的人，是两人都熟悉的朋友。

我们请店主叫了出租车，走出店门。

"是你？"我叫出声来。出租车司机也冲着我们咧嘴笑了。就是昨天夜里坐过的车子。

"找到你们要去的店了吗?"

"找到了。我们不是要找有女人的店。"

"那太幸运了。我还以为你们找不到呢。靠近风俗业集中的地区,怕你们被那些坏女人缠上。"

"哈哈哈哈,被缠上了。"老师笑了起来。我也跟着笑了。

"老师,殿山先生是怎么教您的?"

"说自己阳痿……"

"啊,您和那女人说了?"

"嗯……"

老师像被大人识破了恶作剧的孩子那样,缩起脖子。

说自己阳痿……和站街女那么开心地交谈后,却用这种话来拒绝别人,那女人当然要大发雷霆了。

我想起了女人雷霆般的怒吼,不由得叹了口气,和老师一起放声大笑。

"二位遇到什么好事了吧?!"

听了出租车司机的话,两人又笑开了。

第二天,老师的身体状况不错,在赛车场的看台上没有打瞌睡。不过,他似乎也没有下注的意思。

我也只在下午的最后几场比赛中买了车券,结果,一整天两人都在看比赛。

"三郎君,下面这场比赛,你怎么看?"

"您是说下面这场?七号车的斋藤领跑能力最强,一号车山田的后面是片折,他和山田的师傅水口是同一所赛车学校同期的同学,住一个房间。山田虽然没有斋藤那么强的实力,但他后面有那样强大的障碍物帮他阻挡对手,他应该会冲在最前面吧。"

"真的吗?山田的师傅和太太都和这场比赛扯上关系啦?那么说还是可以下点注吧。"

"不过,山田脾气比较急躁,常常不能保持自己的节奏。他跑着跑着,一旦节奏乱了,就会被斋藤甩掉。我还是决定在一旁观战。"

"说得不错。也许对斋藤比较有利。观战是参赌的一个重要环节。"

"不过,光是在一旁看着也让人着急。我很没有耐心。"

"我也一样。俗话说'心急吃不了热豆腐'。"

听了这话我有点意外,在我眼里总是那么温文尔雅的老师,竟然说自己是急性子。

"领跑者有领跑者的技巧,跟跑者有跟跑者的策略,如果看不准的话就会押错。相扑比赛也一样。只是相扑比赛比较清楚,不太会下错赌注。我记得三郎君打过棒球,你在关西待了很长时间吧?球是怎么赌的?"

老师用手挠了一下鼻子。

"那个不太好赌。我自己没有赌过,见过别人赌。那些人真的押得很准,但没听说过有谁赌棒球赢大钱的。"

"听说局头[①]很厉害,是这样吗?"

"没错。不是一点两点往上押,看的人也会不知不觉被吸引进去,最后输个精光。"

"像打梭哈。"

"啊,有点像。越赌越大,全陷进去了,我觉得这不是真正的博弈。"

[①] 赌球术语,指制定让球规则的人。

"你说得很对。你见过那些局头吗？"

"没，没有。他们从不露面。"

"说不定就是附近政府机关里工作的人。"

"哈哈哈哈，那样的话就有意思了。"

"大规模的赌博，没有智商怎么成……"

我望了一眼老师。老师抬着头，仰视着笼罩住整个赛车场的蓝天。还是第一次遇到把智商和赌博联系起来的人。我暗自思忖。

上半场比赛结束后，中场休息时间，广播开始找人，和之前广播的是同一个人的名字。

"来自东京的××××先生，来自东京的××××先生……"

啊？！这不是老师的另外一个名字吗……老师似乎完全没有听见广播，关注着比赛。

等一场比赛结束后，我告诉老师："老师，刚才广播里在找您……"

"哦……"老师的大眼珠子转了一下，露出有点疑惑的神情。

"不是我吧？"他笑道。

"后面的名字也完全一样。"

"场子里有这么多人，肯定会有同名同姓的。"

"还说了来自东京。"

这下老师皱起了眉头。"谁找我呢？"他问道。

"我不清楚是谁。会不会东京有什么事，我先去问问吧。"

我起身向赛车场的问讯处走去。

广播里找的果然是老师。我拿着写有留言的纸条回到座位，老师蜷缩在座位上打盹。我站在一边，拿不定主意是叫醒老师好呢，还是让他继续睡觉。

不久比赛又开始了。在最后一圈的铃声响起时，老师醒了。

"老师，是给您的留言。"

我递过纸条，老师有些恍惚地看起来。

"您没事吧？"我问道。

老师轻轻点了下头，嘀咕了一句："是截稿日期的事。"

"那我们得马上回东京吗？"

"不用，我发传真过去就行了。"

我找了昨天一直跟着我们的年轻信童。今早遇到信童时，我们说只是看看而已，拒绝了他替我们跑腿。

小伙子很快出现了。"找我有事吗？"

"昨晚的旅馆没有传真机，你帮我们找一家能发传真的旅馆。"

"传真机？就是放在办公室里的那种机器？"

"是的。"

小伙子离开了一会儿，又马上折回来。"看来去名古屋比较可靠。"

"是吗？你能帮我们联系一下吗？"

小伙子歪了一下脑袋。

"帮我们想想办法。"

"好吧，我试试看。"

小伙子走上台阶。我回头看老师，他又睡着了。

我们从一宫转移到名古屋的旅馆，次日，老师说他要待在旅馆里工作一整天。

一大早，我出了旅馆向车站走去，没有打扰老师。

昨天半夜，有个自称××出版社编辑的男子将电话打到我房间，问老师在哪儿。那人的口气十分傲慢无礼。

我和老师一到名古屋便直奔百货公司，在文具柜台买了稿纸和笔。老师请旅馆前台的人半夜来取稿子。我们夜里不再外出，各自在自己的房间里用了晚餐。

"老师应该在他房间里工作吧。"

"你是谁？"

"老师的朋友。"

"不好意思，你们是什么朋友？"

"……"

我不知怎么回答。

"你，有没有听见？你在那里让老师干什么了？我拿不到稿子，烦透了。"

"……"

"你说话呀。"

听着对方的语气，我的火气慢慢冒了上来。得说点什么，我想，尽管有点对不住老师。

"喂，你在和谁说话？我干吗要告诉你我是谁！三更半夜打电话过来，说什么废话！你要有事的话，不是该亲自过来才是正理吗？"

对方安静下来。

坐在名古屋开往一宫的火车里，我回想起昨夜在电话中和编辑发生口角的事，顿时郁闷起来。一想到老师要和那样的人一起工作，便觉得无趣又难过。

不出所料，从上午开始的自行车比赛，我只是胡乱买了些车券。到了中午，我往名古屋的旅馆打去电话。老师房间里没人接听。我向前台打听情况，服务生告诉我老师上午就出去了。

一大早老师会去哪儿呢……

如果老师不在旅馆的话，还不如拉着他一起来一宫，哪怕有些勉强。

心里牵挂着老师,下午的比赛一直集中不了精神。在最后一轮比赛结束前,我离开赛车场返回名古屋。

老师还没回旅馆。我在旅馆等了一会儿,老师手上拎着一个纸袋回来了。他一见到我就笑了,将纸袋往上提了提。

"天妇罗饭团,美味佳肴啊。三郎君,战绩怎么样?"

"啊,不怎么好。"

"真的?最后一轮不是你最拿手的组合吗?"

"老师也去赛车场了吗?"

"没去。我在名古屋赛车场外买了车券。"

啊,在场外下的注……我压根儿没有想到。

"天妇罗饭团,怎么样?去哪儿喝一杯吧?"

"太好了。"

"走吧。"

出了旅馆,我们向大马路走去。

"您的工作不打紧吧?"

"对了,给你添麻烦了吧。那人也不是坏人,编辑也不好干啊。"

"我正要向您道歉呢。"

"这不怪你,都是因为我搞错了截稿日期。到了夏天,周刊也出合刊,所以截稿日期也变得不正常。好了,这和三郎君没有关系,都是我的不是,我给你赔礼道歉。"

老师站在大街中央向我深鞠一躬。

"请、请您不要这样。"

"真的对不起。"

黄昏时分,大街上擦身而过的路人看着我们,眼神好似见到了两只怪物。

　　眼前是一棵高耸入云的大树。老师抬头仰视几乎将天空中初升的晚霞都遮住了的茂密绿叶。
　　大树和老师恰好形成鲜明的对照。参天大树下，一个不起眼的生灵似乎感慨万千地注视着头顶上方。
　　我坐在离老师稍远的街边长椅上，已经灌下好几罐啤酒。夕阳西下的时分，只有大树和老师在我的视线中变得愈发清晰。
　　不一会儿，老师好像累了，在树下蹲下身子，迷迷糊糊地打起盹来。不知从哪儿刮来的晚风吹遍公园的角落，弯弯的树枝开始轻轻晃动。大树下的老师看上去像个孩子。
　　我忽然觉得在什么地方见过这种光景……想起来了，应该是在初夏的夜晚，在神乐坂毗沙门天的寺内见到了相同的光景。
　　不过，眼前正在打盹的老师和那时的模样完全不同。庞大的上身缩成一团，两腿微微前伸，我想，在他的背上插上一对洁白的羽翼也一定很般配。
　　我这么胡思乱想着，一只鸽子从天而降，飞到了老师身边。
　　鸽子好像在观察老师似的歪着头，围着老师转了两三圈，不久，大概明白了没有什么危险，便将老师撇在一边，四处走动。
　　大树、鸽子和老师，一切显得那么自然。
　　这是一幅极其祥和的画面。
　　我一动不动地望着眼前的画面。
　　我也不知不觉睡了过去。
　　待我醒过来，鸽子已经不见踪影，大树底下只有老师依然忘我地睡着。四周被一团漆黑包围。

松 山

从名古屋回来一个月后,我往老师家里打去电话。

名古屋的旅行结束,在东京站分手时,老师说:"下月初我的工作就告一段落了,到那时我们再去旅行吧。这次的'博弈之旅'太尽兴了,好久没这么玩了。到了月初请给我打电话。我打算搬家。新的地方稍微宽敞些,三郎君可以来我家住。我还有很棒的录像带……"

老师说着递给我一张写着电话号码的小卡片。

火车刚过新横滨站,老师忽然想起什么似的,从胸前的口袋里掏出一张卡片,在那背面写下了些东西。老师想得真周到。

老师离去后,我看了一下小卡片,原来是在一宫时去的那家爵士酒吧的名片。电话号码的字体又大又圆,像孩子的笔迹,我不由得笑出声来,盯着上面的数字看了好一会儿。

"这次的'博弈之旅'太尽兴了,好久没这么玩了。"

想起了老师说的话。我寻思,如果真是那样,就太好了。

月初,我拨了老师家的电话,接电话的是个嗓门很粗的男人,问,你是谁?我自报家门。对方问有什么事,我向他解释为去赛车场一事,老师让我给他打电话。老师现在在休息,我不知道你是什么人,拜托不要为这样的事打电话来。对方的语气十分蛮横无理。

"什么……"我刚要再说一遍是老师让我打电话给他,对方已经挂断了。

老师搬了新家后,生活可能也发生了变化,我想。

仅仅是玩伴的话,有时一方会因为某个契机不再联系了,从此老死不相往来。和老师的"博弈之旅"也许就此告终了吧。

到了月中,K前辈给我打来电话。

"三郎君,这不是你的风格啊……"他在电话那头说道。我一时没反应过来。

"您说什么?"

"老师郁闷着呢。"

"老师?"

"是啊。你们不是约好这个月还要去旅行吗?老师都做好了出门的准备,一直在等你的电话,大门都不出一步。"

"啊?"我大吃一惊。

"老师说去名古屋时他老在睡觉,给你添了不少麻烦,大概你不想和他出去旅行了。他还说要正式向你赔礼道歉。总之,老师现在很沮丧。我不知道你们在旅途中发生了什么,看在我的面子上,你就原谅老师吧。"

"不、不是那么回事……我也玩得很开心。"

"那是怎么回事?"

我向K前辈解释给老师打过电话的事,并告诉他感觉也许搬了新家后,老师的生活发生了变化。

"原来是这样。你一定也很意外吧,怎么会有那种事……"

我压根儿没想到老师会为此郁郁寡欢。

"这样吧,三郎君。我先和老师通个电话,然后你给老师去个电话好吗?"

"明白了。"

老师家的电话铃声响了好一阵,没人接听。

三十分钟后,我又打了一次。铃声继续响着。如果还是那个男人接电话,该怎么办?我寻思着。

"您好,我是××。"接起电话的是个女人,声音很清脆。

我自报家门后,问她老师在不在家。

"啊,您是三郎君。阿武一直在等您电话呢。怎么才来电话?对了,初次见面,我是他太太,我叫××。"

"对不起。"

"哪里哪里,您不需要道歉。您能来电话,我太高兴了。请稍等。"

"好,好的。"

老师的太太个很开朗的人,我稍稍安下心来。

"是你啊,三郎君。"

"是我。"

"K先生告诉我了,真是不好意思。请你原谅。"

"哪里,我不知道您在工作,还打电话打扰您……"

"不是,你又不知道我在干什么……"

寒暄了几句,老师提起了去外地旅行的事。

"我在考虑,没准可以去远一些的地方……"

"远一些的地方,您说北方还是南方?"

"嗯……往西走怎么样?"

"好啊,九州或者四国,行吗?"

"好主意。"

"下周起松山那里有场纪念赛事。"

"松山吗?过去经常去。太好啦。"老师的声音显得有点亢奋。

"那就去松山吧。纪念赛事的第一天是二十一号,周五,坐当天最早的班机就能赶上第一场比赛。"

"……"

老师忽然沉默了。

"二十一号您没空的话……"

"不是没空。是不想坐飞机……"

"飞机……哦哦。如果那样的话,我们坐新干线到冈山或者广岛,从那里坐船去松山,您看怎么样?"

"好主意!"老师的声音又变得兴奋起来。

"那好,我明天再打电话告诉您具体时间。"

"明天给我电话的话,请打到神乐坂的 W 旅馆。还记得吗,我们去过那儿。我今晚住在那个旅馆。"

"好的。"

"我告诉你 W 旅馆的电话,稍等一下。"

"上次我拿了一包 W 旅馆的火柴,知道那家的电话。"

"这样啊……"

我感觉老师在电话那头笑了。

挂断电话后,我想,是不是因为自己拿了人家的火柴很可笑。

我和老师站在宇品港的栈桥上。

从冈山的新干线车站去港口比较远,所以我们选择了抵达广岛站后，转到宇品港坐船的线路，这样比较方便。

老师眯着眼睛眺望濑户内海。海面在初秋的阳光下闪着粼光。

"三郎君的家离这里不远吧？"

"是的，坐车也就两个小时。老家是个很小的港口城市。"

"那里有座天满宫。"

"您很熟悉那一带吧？我想起来了，您说去过那里。"

"没错。那时我跟着 S 选手跑呢。"

"您说 S 选手啊，在防府很出名呢。"

老师点了下头，转过脸去。

我们看见一个肩挎大包的人走上栈桥。他是个赛车手。从年龄上看将近五十岁，头上已有了白发。

我和老师情不自禁地打量起他的面目来。

他双唇紧闭，径直走进码头，将装着自行车的大包放在脚边，望着海面。他现在坐船的话，应该是去参加松山那边的比赛。

老师和我对视片刻，会心一笑。

"上午的比赛有人缺席了？"

"应该是吧。"

我们乘上了同一条渡轮。他去战斗，我们去观战下注，这种关系相当滑稽。

被称为"博弈之旅"的赌博活动中，尤其是竞轮，经常会出现像现在这样参赛的人和下注对象一起坐在交通工具里的情形。也有些人一直追随同一个偶像选手。例如某个选手先在青森赛车场参赛几天，之后去熊本赛车场比赛，赌徒便会跟着这位选手，坐夜里的同一趟卧铺列车由北向南移动。过去全国有那么几个人，甚至连续几个月都在博弈的旅行中。

卧铺列车的走廊里如果放着一种用旧皮革做成的形状独特的大包，就说明这节车厢里有赛车手。赛车手称那种大包为"赛车旅行包"。

渡轮在小岛和小岛之间穿行，和着海浪的节奏摇摆，让人心情舒畅。老师坐在甲板上的椅子里，也开始打起盹来。

我知道，这不是病。

虽说这只是第二次旅行，但我觉得只要一外出旅行，老师就会放松下来。

望着在潮湿的风中熟睡的老师，我也奇妙地感到心情格外爽快。

经过了几个岛屿，四国出现在眼前。青色的雾霾中，陆地的影子渐渐变得清晰。老师醒了，转着脑袋环顾四周。睡了一段时间后醒来，他总是露出同样的表情。

"到哪里了？"

他的眼神在问。他似乎要确认什么，环视着周围的风景，发现自己熟悉的身影时，会露出疑惑的表情："你怎么在这儿？"然后两眼直勾勾地看着对方。

过不了多久，或许记忆又重新回到了脑海，或许因为安下心来，他又咧嘴笑了，朝我直点头。

我逐渐能读懂老师的表情了，知道那是心情不悦的睡眠，还是十分安逸的睡眠。不过，老师的睡眠在大多情况下属于前者。

明白这一点的人，看着老师的表情都非常揪心。老师似乎也能明白别人的不安，最后总是以咧嘴微笑示人。看着他的笑容，有时候并不好受。

老师顺着渡轮行驶的方向，眺望目标港口背后的山脉。山顶上矗立着一座铁塔。不妙，那座塔。

"以前没有那座塔……"老师若无其事地说道。

看来没问题。我仔细观察了一下，发现塔尖上有一只球形的东西。不是尖顶就没问题。

我忽然发现自己不知什么时候已经记住了老师最棘手的事情，意外的是，我竟以这样的方式，和另一个人联系在一起了。

"我们一上岸就去赛车场？"

"您不饿吗？"我不禁笑了，问道。

"几点吃的饭？"

"我没问题。今天还没吃过饭呢。"

"哈哈哈哈。"老师笑了。

"您笑什么？"

"那样的话，就能吃很多了。"

哈哈哈，我也笑了起来。

在等着旋梯上的人流往前走时，老师在我身后低声说道："我们吃乌冬面火锅吧？"

我点了点头。

最后一场比赛刚一开始，就有个女人大声叫喊着，来到了我们的"特别看台"。这种看台通称为"特观席"，主要招待一些特邀嘉宾和竞轮的关系户。

"老师，×××老师……"穿和服的女人叫着老师的名字，老师站了起来，却被她一下子抱住。周围的观众和我都吃了一惊。

老师似乎有些不好意思地看着女人，开口道："哦，好久不见了。"

女人回过头望着特观席入口。

"阿正、阿正，你干吗呢？"她大声叫着，向什么人招手。

一位瘦高个男人小步走了过来。

"过来。这是老师啊,快打招呼。"

"您好,我叫阿正。"高个子男人弯腰鞠了一躬。

老师对女人说了句玩笑话,女人娇滴滴地拍了几下老师的肚子。

老师给我介绍这个女人。

"初次见面,我叫真纪。你是老师新收的弟子吗?"她看着我问老师。

"不是不是。首先,我从来没收过弟子。三郎君是我朋友。"

"不是吧。上次来的时候有个胖子,那人不是您的弟子吗?叫××……"

"那人是编辑。三郎君和我没有工作关系,真的是朋友。当然,我还仰仗他的关照。"

"真优秀啊。这么年轻就关照老师,感动死了。"

"不不,是我受到老师很多照顾。"

我刚说完,老师便说:"不是这样的。"

"行了,谁关照谁都行啊。总之,你们两个是朋友。"

女人说着,把脸转向老师,慢慢伸出右手,轻轻动了几下手指。

"您还在玩吗?"女人问。

老师点点头。

"您太厉害了。"女人说。

从她手指的动作,我明白她说的是麻将或花札①。

"好期待啊。我真的很开心,老师能来松山,像是在做梦。最后一场比赛结束后,我去停车场接您,请直接来我家。阿正……"

她叫了一声高个子男人的名字。高个子男人不知从什么时候起

---

① 日本的一种传统纸牌游戏。编注。

一直在看赔率表。

"阿正，叫你呢，阿正。"

他还是全神贯注地看着赔率表。

"他也喜欢这个。"女人用指尖挠了一下鼻子，这也是赌博的暗号。

"为什么爱赌博的都是男人？"

听了女人的话，老师笑了起来。

她走到赔率表的木板下方，抓起男人的手将他拉回来。

"很有意思的人。"

"嗯，一点没变。"

"她说直接去她家，旅馆怎么办？"

"……"

老师露出有点为难的神色。

"三郎君，你怎么办？"

"还是先回旅馆一趟吧。"

"嗯，说得对。我和她说一下，你先玩这一场。"

"好的。"

老师上前和女人交谈。瘦高个男人走到我身边，打听最后一场比赛的状况。

"七号车怎么样？会让一让本地的选手吗？"

"这里不会谦让。"

"是吗……"

瘦高个男人瞥了一眼女人，径直向设在看台下面一角的地下赌场走去。

我们打算回旅馆，在道后温泉的元汤池前下了瘦高个男人的车。

老师站在元汤池门口仰视着建筑物。

"您想先在这儿泡温泉吗？"

"不是这个意思。应该就是这座房子。"

"这座房子有问题吗？"

"和夏目漱石《哥儿》里的插图好像不太一样……"

"哦……"

我开始搜肠刮肚，想要回忆上中学时读过的夏目漱石《哥儿》中的插图，可是一点都没有印象。

老师在元汤池门口站了一会儿。

随着一阵喧闹声，十几个外国男女掀开门帘从里面出来。这些人兴奋地大声说笑着。每个人都身材高大，浴衣穿在身上显得紧巴巴的，他们脚下踩着木屐。

老师的身体这才动了起来。

"外国人好像都很喜欢浴衣。"

我和老师走在通往旅馆的坡道上，开始向他打听刚才就有点疑惑的事情。

"老师，您刚才说的《哥儿》的插图是最近看到的吗？"

"不是，是很久以前了。那时我还很小……战前父亲买的。他非常爱惜这本书，但我把它一页页撕了下来，还被臭骂一顿。"

"哦……"是这样啊。

我看到旅馆的标牌，指了一下说，应该就是这家吧。

老师停住脚步，打量旅馆。

"很高级的旅馆呢。"

"是啊。"

我们在玄关喊了一声，女服务生出现了。说了名字后，女服务生立刻带我们往里走,我们跟着她的脚步走在回廊状的走廊里。

"有点太豪华了吧……"我说。

"想多了,住个旅馆豪华一点也不过分。我们把松山这里的钱都扛回家好了。"

"哈哈哈哈,您说得没错。"

老师停下脚步。

花园里的树上挂着一块牌子,上面写着"天皇陛下御植树"。

女服务生指着树恭恭敬敬地开口:"那是天皇陛下亲手种下的……"

她还没说完,老师忽然拔腿就跑。我赶紧跟上他的脚步。

我们被带到走廊尽头的房间,窗外可以眺望松山的街景。

"真高级的房间。是不是有点豪华过度啊……"

"说什么呢,不都这样吗?赢了钱,把这个旅馆买回去吧。"

"哈哈哈,我一定加油!"

女服务生说去端茶,出了房间。

"虽然是旅游旺季,这家旅馆还是很便宜啊。"

一会儿女服务生回来了,脸色都变了。

"对、对不起,房间搞错了。"

我和老师对视了一下。

我们再次被带去的房间在分馆,是下了两次楼梯后最里面的一间,从窗户只能看到隔壁房间的墙砖。女服务生迈着小碎步迅速离开了。

"这有点过分了吧。我让他们换一个房间?"

"睡个觉而已。明天赢钱了把温泉都买下吧。"

我没笑出来。

女服务生又来了,她询问我们想用晚餐的时间后,建议我们先去泡温泉。

"我们能去刚才路过的元汤池吗?"老师问。

"没问题啊。不过我家的温泉也是很有口碑的。泡岩汤时可以看到花园呢,天皇陛下……"

老师开口打断女服务生的话:"三郎君,我们走吧,去元汤。"

"好的。请问,我们能穿浴衣去元汤吗?"

"可以。我给你们拿浴衣。"

"等等,我们要了两个房间吧?"

听了我的话,女服务生的脸色一下子又紧张起来。她又问了一下我们的名字,匆忙离开房间。

"没问题吧,这家旅馆。"老师靠在墙上,眼里已露出瞌睡的神态。

"对、对不起,一次次打扰两位。"女服务生声音很尖。

我们沿下来的楼梯往上走,重新回到主楼,来到那条走廊上。

"我们好像是来参观的。"老师说。

刚一进房间,老师便在木拉门外的椅子上坐下,打起瞌睡来。

饭菜已经摆好了。

刚才女服务生进来时,在老师身上盖了一条薄毛毯。

"饭菜要凉了,可以叫醒他吗?"

"不用了,让他休息一下。"

我两手托腮,胳膊支在餐桌上,望着漆黑一团的花园和坐在藤椅上酣睡的老师,内心觉得很踏实。

旅馆外时不时传来汽车喇叭声。

我听到了细细的流水声,附近应该有条小河。

我为什么在这里?我不禁自问。

我想喝啤酒了,为了不吵醒老师,轻手轻脚地从墙角的冰箱里取出啤酒。找不到开瓶器。我在冰箱上、桌上找了一圈，没有，然后将脑袋伸到冰箱里寻找。

"三郎君。"

我被背后突然的说话声吓了一跳，将脑袋缩回来。老师站在身后。

"啊，您醒啦？"

"你在干吗？"

"我找不到开瓶器……"

"开瓶器……"老师站在木拉门前，一只手指向花园。

"怎么啦？"

"那个……"

我朝老师指的方向看去。"池塘怎么了？"

"池塘中间的石头上……"

面积不大的池塘中央装饰着一座类似龙宫的红城堡，能看到上面刻着一只乌龟。

"是龙宫吧？"

"三郎君，那只乌龟是活的。"

"啊？"我探头看乌龟。乌龟的身体微微移动。

"真的呢，您观察得真细致。"

"我盯着看了一会儿，就发现乌龟的位置变了。"

"您没休息吗？"

"刚醒。"

"哦。"

"肚子饿了。"

我笑了起来，老师也笑了。

"让他们热一下菜吧。"

"不用了吧,太晚了。刚才你先吃就好了。"

"刚才在想事儿呢。"

"哦。"

我用门把手开了啤酒,两人吃了顿颇晚的晚饭。老师很少见地没有食欲。

"您几乎没吃,身体不舒服吗?"

"不是,中午乌冬面火锅吃多了。三郎君,白天在赛车场见到的真纪在家等我们呢。你打麻将吗?"

"我没问题。您有时间吗?"

"我没事。"

"我也没事。"

"你不是在想事儿吗?"

"也不是什么大事儿。"

"小说?"

"啊?"

"你说想事儿,不是写小说的事?"

"不,不是。不是什么大事儿。"

"我读了。"

"读了什么?"

"你写的小说。那部关于黑鲷的作品,写得太棒了。"

"啊……"

"你现在还写吗?"

"现在已经不写了。"

"为什么?"

"……"我不知道该怎么回答。

我望着老师，从来没有见过他如此严肃的表情。我无法将目光继续停在他的脸上，沉默着低下头。

"我这么说你大概觉得肉麻，但我很清楚你的小说好在什么地方。"

此刻，我真想找个地洞钻进去。

可能因为我一声不吭，老师也安静下来，两人就这样面面相觑。

"……对不起。"

老师的声音很低沉。我一抬头，只见老师向我鞠躬。

"别、别这样。我写不了小说。"

老师还是弯着腰。

"谢谢您的鼓励。"

听我这么说，老师抬起头来。

"只是想告诉你我的想法：你可以写小说。"

"对不起！"

老师低下头，沉默了。我不知该怎么做。

女服务生来铺被子，我和老师就站在围廊下望着外面。乌龟还在红色的宫殿上一动不动地趴着。

"我们去打麻将吧？"

"好啊。"

我们叫了一辆出租车前往松山市内。出租车进入护城河外大道，没过多久，便看到一家招牌上写着"实时"二字的料理店，门面很小。

女人一见老师，便半真半假地埋怨怎么这会儿才来，随后为我们介绍了一个五十岁开外的男人。

男人说了几个老师也认识的人的名字，还告诉老师他们的近况。从外表一看，就知道这个男人不是麻将新手。

"玩手动麻将吧？比自动麻将有意思。"

老师看了我一眼。

我没问题。我用眼神告诉老师，点了下头。

隔壁房间已经准备好麻将。我们即将开始麻将大战。女店主真纪推开了和隔壁房间相隔的拉门。房间很小，放着麻将桌和椅子。

"我要吃药……"老师对女店主说。

女店主按了一下麻将桌上的电铃。随着一阵脚步声，白天在赛车场见到的男人出现了。

"阿正，老师要吃药了，你去倒杯水来。"

"水不就在那儿吗？"男人不耐烦地答道。

我拿起水壶，倒了一杯水。老师数了一下手掌里的药丸，拿过水杯，露出了疑惑的神色。

"药不够吗？"

"应该够了，我忘了该吃多少……是五颗，还是七颗……"

老师吞下一大把药。听说自十年前动了一次大手术后，他的药量就增加了，而且不是加了一点点。

有一次老师两手捧着个大口袋，我问他是不是很重，我来拿。老师笑着回答，不，很轻，全部是药。他还说这是医院加药店，一共跑了五个地方才采购到的。"采购"这个词听上去挺奇怪的，不过，找到些药竟然让他如此兴奋，更让人忍俊不禁。

服下药后，老师有时会现出陷入沉思的样子。

"吃得有点多了。"老师说。

"还是应该少吃点药。"说着，他又拿出另一种药吞下去。

老师的样子就好似他高大的身体里有一口锅，里面煮着很多东西。这些东西不是食材，而是大量药丸，搅拌在一起，味道有点奇怪，所以加了一些盐、胡椒和黄油等。

事实上，老师又一次吞下药丸后等待反应时的表情是最好笑的。

"老师，您吃那么多药啊？"女店主问。
"是啊，最近光是药就把肚子填饱了。"
"哈哈哈……老师还是这么幽默……"
"准备好了的话就开始吧。"

那个叫梶山的五十岁开外的人和我成了对家。坐到他对面后，我才注意到他的左眼有点奇怪，是假眼。老师也马上觉察到了。

虽说不是第一次见到假眼，但这个人的假眼有些不同。不知是制作得过于精巧的缘故，还是伪装成这样，原本没有转动的左眼球，却好像在注视着对方打出的麻将牌。感觉很奇怪。

女店主和梶山原来玩的好像是关西麻将，因为老师是客人，所以大家决定按关东麻将的听牌规则，玩东南各四局的半庄。

四国在关西圈内，主要打关西麻将。关西麻将以大阪地区为中心，流行的是只求速战速决的得分制麻将。这一规则的特点是在短时间内可以决出胜负，所以公司职员和其他上班族也能在很短的时间内玩上一两局。没人做大牌，看似简单，但缺少韵味。不过事实并非如此，它有很严格的规则，只要输一次，就不得不放弃这一局乃至半庄。

在老师的提议下，大家又决定玩一下关西麻将，在某个适当的时机结束。

女店主虽说是女流之辈，玩麻将的方式却是少见的进攻型。梶山玩的是攻守平衡，但还是偏向于不出漏洞的守势麻将。

老师一开始就手气不错。

我和老师一起玩过三次麻将，感觉今晚是他状态最好的一次。但以前也算不上状态不好。

不过也没有产生如此强烈的印象——"哦，这才是老师的麻将风格啊……"

当然，老师好几把出手显然与众不同，可能是这个时期老师的出牌特点吧，我寻思。

"去年夏天快结束的时候，麻将的手气有些不行了……"老师说。

玩着玩着，我忽然注意到一件事：和不同的对手玩，玩法显然也会改变。

是啊，这就是"博弈之旅"啊……

我和老师倒也算不上土豪式的寻欢作乐。主要的博弈活动是白天的竞轮，到了晚上把现金都输在麻将桌上就完事了。

况且，我们的对手一个是多年未见的女人，一个是初次见面的男人，两人颇有不灭掉我们誓不罢休的气势。老师看上去并不客气，我也一样。

说到我的麻将风格，属于后发力的那种类型。如果打一个通宵的话，我差不多快到天亮时才发起进攻。

"三郎君，你终于要发力了。"

之前老师说过两次同样的话。

"真想和三郎君尽情玩一次，没有时间限制。"

我想老师的话只是社交辞令，不过，我倒真想多玩会儿，见识一下老师的麻将。

"今晚老师势头很好啊，就喜欢看老师这种状态。"

女店主并不在意就她一个人输钱，咧嘴笑着打出一张牌。

老师几乎没有和过我的牌。当然，我们并没有事先约定过什么。

两人一起外出踏上"博弈之旅"，只要有一人能赢钱就算不错的结局了。脑子里有这种念头，反而让我的麻将玩得缩手缩脚。好在这天夜里我的运气不错。

只是好运没有持续很长时间。

梶山开始和牌了。随之,我开始背运。我拼命死守,但没有老师那样的手腕,一直处在穷于防守的局面。一旦形成这样的局面,我的轴心就开始动摇。脑子里一有杂念,便开始犯低级错误。

"我说,下面半庄玩我们本地的麻将怎么样?"女店主说。

老师看了我一下。我点点头。梶山似乎有点不悦。他好不容易牌风开始转好,当然不想这样。

我脑海深处冒出了不知什么时候老师说过的话:

"就像打渔人站在船舷边观察海潮一样,赌博的人不会见风使舵也是不行的。如果不知道适时攻防,就会像一艘泥船那样沉下去,这是最糟糕的。该出手时毫不犹豫地出手,风向不对的时候,赶紧收回来。"

读老师写的那些关于赌博的文章,大多是教你怎么摆脱不利的局面。

五年?十年?不,哪怕就在一年的时间内,赌博的人处于不利状态的时间也占了绝大多数。为了摆脱不利的局面,赌徒会拼命挣扎喘息,更有甚者,连气都透不过来了还在坚持。

谁都清楚,靠赌博建不起大房子,但每个人都不停地往外砸钱,不断有新手涌现,很快又一个个消失得无影无踪。飓风会把人吹倒的道理,在老师那里变成了坚信风中也有胜算。这是我钦佩老师的地方。当然,这里说的赢,并不是能让旁观者瞠目结舌的大胜,只是险胜而已。我自己也不清楚是什么时候养成的性格,坚信哪怕一个针尖大小的机会也能让人转危为安,只要安心打牌就行。

碰了一口之后,牌运果然转了。

女店主手气渐渐旺起来。老师依旧状态不错,也许是松山这个地方给他带来了好运。梶山开始变得不顺了,不过他的出牌方式很少有漏洞,所以也不至于大输特输。当然,有时大输一两把转一下牌风也不失为上策,但他在节骨眼儿上却接连犯错误。

隔着房门,传来了鸟鸣声。

"真纪,今天还要去赛车场,我想休息一会儿。"老师说。

麻将就此结束。

打开窗户,天色已经开始放亮。

一边听女店主说着"今晚还能再来吧",老师和我走出了大门。

坐在回旅馆的车上,老师开口道:"那个梶山,戴着的隐形眼镜很奇怪。"

"那是假眼。"

"啊?假眼……哈哈哈……"老师笑了起来。

"我说了什么可笑的话吗?"

"没有。我还以为已经生产出带色儿的隐形眼镜了呢。"

"隐形眼镜要带色儿的话,看到的东西不都带色儿了?"

"不,好像不是。听说好莱坞的化妆技术很厉害,电影里确实有演员的眼珠子都化妆的。"

"真的吗?"

"嗯,我也想戴呢。戴上那种眼镜,让眼神变凶一点,打麻将、打牌大概都能派上用场。"

我难以置信地歪了一下头。

"我说了奇怪的话吗,三郎君?"

"没……"

"你想说什么?"

"打麻将时,老师的眼神已经十分可怕了……"

"我的眼神?"

"嗯。"

"不可能呀。我年轻的时候眼神太温柔,为了不让别人看透,所以眼睛一直朝上翻。"

"哦——是这样吗?"

"'哦——'是什么意思,三郎君?"

"啊,对不起。"

老师笑了,我也被老师逗笑了。

回到旅馆后,我们打算稍事休息一下就去赛车场。

天色已经大亮了,我们拉上窗帘。看来一时半会儿睡不着。

"喝杯啤酒吧?"

"好主意。"

我从冰箱里拿出啤酒,倒进老师的杯子。

不仅是因为通宵打麻将,几天来长途跋涉的"博弈之旅",令身体某些部位还处在兴奋状态,一时很难入眠。

遇到这种情况,大多数人会喝喝酒、狂吃点东西,或者干点别的什么,也有人选择吃药,还有人贪恋女人的身体。不知是不是因为这个缘故,甚至还有这样的说法:"爱赌的人子女多。"

玩赌博,疲劳的程度远远超过自己的想象。

喝完啤酒后,老师说了声先睡了,便和衣钻进被窝。

那是我的被窝,老师的房间在隔壁……我还没来得及说出口,老师已经一动不动了。就这样吧。

我在窗前的藤椅上坐下,闭上眼睛。如果去老师的房间躺下的话，一定会睡死过去。

我醒了过来。

似乎听见了鸟叫声，也许是在做梦。

看了一下时间，才睡了不到十五分钟。透过窗帘射进来的阳光很刺眼。

我向老师睡的地方望去，小山一样隆起的被窝里，一双穿着袜子的婴儿般的脚丫露出来，脚底对着我。

我点燃一支烟。烟雾犹如白色的丝线，缓缓地在房间里游动。

面向花园的窗户似乎没关严实，房间里有点热。没准还有窗户大开着。我轻轻拉起窗帘检查窗户。

我看见了池塘，不由得睁大眼睛。

池塘边站着一只浑身雪白的东西，是白鹭。

白鹭单腿挺立，闭着双眼，纹丝不动地站在阳光下。炫目的纯白，在阳光的照射下漂亮得无法形容。

我忽然产生了一种异样感，好像有什么东西从洞里探出头来。我回过头去，原来是老师的双脚摆成了一只领结的姿势。

我心里觉得昨晚好像发生了一件令人不快的事，但想不起是什么。

脑子里有个声音响起。是老师的声音。

"你在想事儿？"

"不，不是。不是什么大事。"

"我读了。"

"读了什么？"

"你写的小说。那部关于黑鲷的作品。写得太棒了。"

我做梦都没想到老师读过我写的小说。

那是以前在杂志上连载的短篇小说，写的是我老家濑户内海一带的小城市里，过着独居生活的老人外出钓黑鲷，有天半夜，他的身体被岸边的岩石夹住了，无法动弹。海水渐渐涨了上来，他受到死亡的威胁。

"你的小说，我读是读懂了，只是题材过于伤感……"编辑对我说。

我只写出了这个故事……我想告诉编辑，但没说出口。

为了写这篇三十页稿纸的小说，我花了一年的时间啊。

"你那么年轻，不能写点有趣的，能抓住读者心的东西吗……不过，总编还是让我登出来。"

那种施恩的态度让我有些生气。

作品中的插图是K前辈百忙之中为我画的，我觉得自己挺对不住K前辈。

离小说发表已经过了两年半的时间，几次想提笔写作，可是连一个字都没写出来。在写那部作品时也想过，自己只是在罗列些很表面的东西。说到底，我不是写小说的料。我甚至不知道自己写的究竟是不是小说。

之后，那个担任我小说编辑的态度非常恶劣的家伙换成了一个年轻人。他拿着一封措辞相当礼貌的信上门来打招呼。

这个叫N君的杂志社新人，是位久留米出身的性格爽朗的青年。一见面，他便开门见山地说道：

"我特别喜欢您的两部作品，很希望能读到您下一部作品……"

"我已经不写小说了。"

"为什么不写了？"

"写不出来。说实话，我很清楚自己写不了小说。写小说的人和我不是一个物种。"

"我不觉得您和他们不一样。"

"你不了解我。"我厉声说道。

"……"

N君不吭声了,我觉得自己有些过分。

此后他给我打过两次电话,留言说希望我能联系他,我没有联系。

不想写小说了,这是我真实的想法。

K前辈将老师介绍给我,然后我就这样出来旅行了。我很不愿意将这件事和曾经写小说的事情联系起来,所以……

"你现在还写吗?"

"现在已经不写了。"

"为什么?"

被老师这么问的时候,真想找个地洞钻进去,所以连老师的脸都不敢看了。

"我写不了小说,对不起。"

我只能赔不是。

但愿老师不再和我提写小说的事。如果还要提的话,我觉得无法再和老师一起出来旅行了。

我既没有和当作家的老师一起出来旅行的感觉,脑子里也压根儿没有和被社会上称为"赌神"的老师一起旅行的意识。

大概是老师温和的性格让我丧失了这种意识,我想。这样的旅行就让我的心情变得十分安宁了,我眼中的老师也很快乐。虽然是自己的判断,但我就是这么认为的。

近几年在我心中淤积起来的如同屎壳郎粪球的那种东西,和老师在一起的短暂时间里被抛开了。

有一段时间,我为了保持内心的平衡而酗酒,患上了严重的酒精中毒症。现在赌博成了生活中唯一能让我内心获得平静的事,我那样度过每一天。

没错，我是和老师一起踏上了"博弈之旅"，但这又和赌博不同，有种奇特的安心。与此同时，也隐隐有种不安，我担心这种安心感会不会在某一天和过去一样突然消失？

不管怎样，和过去不一样。有时我这样想。

因为有了老师这样的人。

此时我还没有意识到，在作为作家受人尊敬的老师和被人称为"赌神"的老师之外，还有一个与前两者完全不同的老师存在。

那天，我和老师的状态都格外完美。

"可能是松山这个地方风水好。"老师开心地说。

最后一场比赛结束后，我们在赛车场当地上了火车，在道后温泉下车。老师和昨天一样，抬头打量元汤池前的建筑。

"老师，我们在这里泡一下温泉吧？"

"嗯？"

看上去老师不想泡。来了温泉所在地，两人一次都没泡过温泉。我想起了K前辈说过的话："老师不泡浴池。"

"真的？大概老师不喜欢浴池吧。"

"以前我问过老师。老师回答说他不好意思。这把年纪了应该不会不好意思呀。"

"哈哈哈哈。"

"真是与众不同。老师一定很怕羞。"

我朝我们住的旅馆方向迈开步子，老师叫住了我。

"三郎君，你想在这儿泡澡？"

"啊？没，也没特别想……老师，您想泡澡吗？"

老师孩子般地点了下头。

我们走进元汤池，取了鞋箱号牌，买了毛巾和肥皂，借了浴衣。

"买件内衣吧？"

"好的。"

老师翻了翻玻璃橱窗里的内衣，没有大号的。

"拆开看一下吧。"

老师正准备打开内衣的塑料包装袋，温泉前台的男职员告诉我们那是女士内衣。原来我们两人一直在看女式内衣，还试图打开。

到了二楼的更衣间，有个旅行团已经在这儿了，非常热闹。里面传来女人和孩子的声音。我们在更衣间的一角换了浴衣。老师的浴衣虽说是特大号的，穿在他身上还是显小。

"像唱冲绳民歌的。"

"哈哈哈。"

"三郎君，你很魁梧啊。"

"很难看吗？"

"不不，很合身。"

一进浴场，在水蒸气笼罩的空间里走动的人影看上去都白皙透明。

老师在台盆前的小凳子上坐下。

我洗完身子后下到浴池里，闭上两眼，心里感觉十分舒畅。

"三郎君。"突然传来老师的说话声，老师也下浴池了。"看，你看。"

我顺着老师的视线望去，热水从巨大的大理石石龟口中流出来。

"这个地方乌龟很多呢。还有那个池塘。这次纪念车赛的名称也是'金龟杯'吧。松山这边的人是不是很喜欢乌龟？"

老师没有回答，只是直直地盯着乌龟看。

"怎么了？"

"三郎君，那只乌龟不知怎么样了？"

"您一说我倒想起来了，后来没再见过。倒是见到了一只白鹭。"

"你是说那种叫白鹭的鸟？"

"嗯，是白鹭。"

"我没见到。幸亏没见到……"

我想起来了，老师害怕鸟的尖喙。说了不该说的话……

"我先上去了，时间长了会头晕。"

"我也是。"

"我帮您擦背吧？"

"不了，被人误会我们的关系就糟了。"

"哈哈哈……"

回到旅馆，两人洗了内衣，正把衣服晾在廊下时，服务生进来告诉我们已经准备好了晚饭。

"有位叫真纪的女士打来电话，问您二位回来没有。"

"知道了。"

老师吃了不少。吃到一半，他闭上了眼睛。

料理还没有全部上完，我告诉服务生让我们休息一会儿再说。

过了大概一个小时，老师醒了，又开始吃起来。

"要让服务生热一下味噌汤吗？"

"没关系，饭是热的。"

晚饭快结束时，按事先约定来接我们的人到了。

来到玄关，那个叫阿正的人正站在那里。

阿正边开车边说着话，今天怎么样？竞轮赢钱了吗？二位麻将玩得不错,等等。

女店主不在场,好像这个男人话多起来了。

"这里还有别的很好玩的赌场呢……"阿正说。

"哦,什么赌场?"老师赶紧问。

"玩花札的赌场。"

"是手本引①吗?"

"跟那个差不多。我偶尔去去,有很多从大阪来的人。"

"有钱人吧。"

"对对,都是有钱人,赌得很大。我有时去帮忙发牌。"

"那一定得去看看。"

"明天我就带你们去。"

老师看了我一眼。

我点了点头。

"好,让我考虑一下。"

我们明白了,帮赌场介绍客人也是阿正的谋生手段。

"但是这事要对老板娘保密哦。"

听了阿正的话,我们两人相视一笑。

这天晚上,女店主手气不错。

女人一旦手气好起来,通常比男人更加凶猛。一手不起眼的小点数的牌,她硬是虚张声势,我们玩得再小心谨慎,也阻挡不了她超好的手气。

女店主心情上佳。梶山依然安静地打牌。我既没有大输也没有大赢。

老师一直手气不佳。不过天快亮时,连和了两盘"国土无双"

---

① 日本明治时代在京都、大阪一带流行的赌博游戏。

和"四暗刻",总算扭转了局面。

因为是周末,大家决定玩到中午。

牌局结束,结果两个本地人赢了钱。

回到旅馆,老师说今天他要休息一天,不去赛车场了。

"这样的话我回趟老家,晚上赶回来。傍晚回来有点赶不及……"

"没问题,我一人吃饭就行了。"

"不好意思。"

我离开旅馆去了码头,坐上渡轮,从广岛回山口县的老家。

这次出来旅行前,接到住在老家的妹妹托朋友带来的口信。妹妹打电话托朋友转告我,说没关系,会等我。

我去找人借钱。我在各处借过钱,觉得这是最后一次,所以打算多借一点。

我坐最后一班渡轮返回。回到旅馆,老师外出了。

今晚应该没有麻将可玩。我问旅馆的服务生有没有人来接老师,她回答昨晚来过的男人又来了。

一定去了玩花札的赌场……

夜里一点刚过,隔壁房间传来声响。我去敲了几下门,老师果然回来了。

"怎么样?"

"奇怪的赌场。我输钱了。"

"奇怪?怎么奇怪法?"

老师"嗯"了一声,便不再言语。

遇到什么情况了,我想。

老师开始在房间里找东西。

"您找什么?"

"出去前我要了个饭团。"

房间里没有发现饭团的踪影。

"您如果肚子饿了的话,我们去吃拉面吧?"

"好,太好了。"老师从裤子口袋里掏出一堆零钱数了数。果然输钱了。

"今天我回老家拿钱来了,够我们花的。"

"哦哦……"

温泉街上的店铺都关门了,所以我们去了松山市内的闹市区。有家寿司店的门帘还卷着,我们走了进去。

"梶山先生也在。"

"啊?在哪儿?"

"花札赌场。"

"哦。"

"他是个很有名望的人啊。他借给我现金了。"

"没问题吗?"

"借他的钱会还的……"

把老师一个人留下真是愚蠢的做法,我挺后悔的。不过,老师的食欲依然十分旺盛。

恐怕这就是"博弈之旅"吧……我喝着酒想。

老师有时会在平淡无奇的风景前突然止步,一动不动地站着。每当此时,我都觉得老师在思考什么,所以并不上前惊动他。

有时就几分钟,他不动声色地伫立着,有时差不多半小时站在原地。大多情况下几分钟就结束了。时间较长的时候,他甚至像进入了忘我的状态一样，将原本装在纸袋里的田六豆①撒了一地。

老师眼里看到了什么，脑子想到些什么，我无法想象。

在四国旅行时，我一不留神忘记了不惊动老师的决定，对站在火车铁轨上的老师开口说话。铁轨应该已经废弃了，那里长满夏草。

"老师，有什么特别好看的吗？"

话音刚落，我立刻后悔了。

"啊？你说什么？啊，对不起、对不起。"

老师连忙应声道。他眨巴了几下眼睛，羞涩地笑了。

"对、对不起，打扰您了。

"打扰？哪里哪里。三郎君……"

"老师。"

"要把看到的东西写下来，真不是那么容易的事。我们的记忆，难道会一直留存下来吗？我们活着的时候不是一次又一次地看到同样的东西吗？但我们很难想起第一次见到它是什么时候。是的，我小时候就这么想。头天走过马路，确实看到了东京铁道公司的铁轨，到了第二天，眼前的铁轨变得模棱两可，我见过它吗？这让我很不安。所以我从小就开始训练自己，要像按下照相机快门、将照片印在相纸上那样，把看到的一切都在心中描写出来。"

说到这里，老师好像回过神来了。

"对不起，我说了些莫名其妙的话……"

接着，他"阿嚏"一声，打了一个很响的喷嚏。

老师指间夹着的香烟已经快燃到头了。丢下的烟头在夏草中冒起一股青烟。

---

①山形县山形市的田六公司生产的豆类点心。

"您不要紧吧?"

"嗯,没事儿。刚才想跟你说些什么来着,现在全都忘了。"

"哈哈哈……"我笑出声来,"您说了记忆和描写的事。"

"记忆和描写……对了,描写的事。描写这个词很好,三郎君。"

"不是我说的,是老师说的。"

"是这样啊。不过,描写这件事很难。有时我们不知道那个东西为什么在那里。"

"啊……"我没听明白老师想说什么。也许老师想说类似画画的事。

我寻思着,便对老师说:"小时候画画的时候,比如画橘子,总想把橘子画到最像,但是画得越是细腻就越觉得不像,您说的是这个意思吧?"

"嗯?你再说一遍。"

"哦。还是算了吧,我说不好。"

"不不,你说得没错。再说一遍……画得越是细腻就越……后面是什么?"

"和橘子越不像。还是因为自己用眼睛看到了吧。"

我说着,老师的大眼睛睁得更大了,一脸吃惊的表情。他轻声说:

"一样,我和你想得一样。"

"啊……"

"很高兴。"

"啊?"

我听到了火车临近的声音,赶紧告诉老师火车来了,两人向能看见远方的松山城的方向走去。

"一样啊,三郎君……"

老师跟在我身后,还在说着。

上了火车，我在心里反省，不应该干扰老师思考。

我们在终点站道后温泉下了火车。老师径直向元汤池的方向走。
泡一下温泉再回旅馆吗？我到嘴边的话又吞了回去。
"三郎君，不去泡一下元汤池吗？"
"我没关系。我也不是太喜欢泡温泉。"
"啊？是这样啊。其实我也不太喜欢泡澡，从小就不喜欢。"
"是吗……"
"和你一样，太好了。"
我们慢慢走上通往旅馆的坡道。
老师不善于爬坡。不仅是坡道，他也不善于爬楼梯。
抵达松山的第一天，我在赛车场的看台上对老师说：
"在松山赢钱的话，还能往东去四国的东部高松呢，去参拜一下金比罗宫。"
"金比罗宫就算了吧，想到那些台阶，我就脚下发软。"
"哈哈哈。"老师的话让我很吃惊。
昨天傍晚，老师在这个坡道上停下，说：
"动了手术以后，我完全爬不动坡了。以前爬坡根本不在话下，而且特别喜欢坡道，一鼓作气就能爬上去。"
"是啊，我明白。我小时候也一样，见到陡坡就使劲往上跑。"
"我小时候到处找坡道。四处走走，你就能发现东京有很多坡道。我把那些坡道记在小纸片上，把它们连起来，能转遍整个东京。"
"真的吗？"
"真的。听说欧洲有个国家，我忘记是哪里了。那个国家有很多树林，有个男人一直生活在树上，一次没下过地，却游遍了所有城市。"

"听上去很有意思。"

老师又走了起来。

"我第一次听到电线人这个说法时,以为是一直在电线上走路的人。"他自言自语般地说着。

"哈哈哈哈。"

老师认真说起某件事的时候非常有意思。我一开始分不清是玩笑话还是认真的,之后渐渐明白老师是在认真地说那件事后,便感觉老师确实不同于常人。

回到旅馆,有寄给老师的邮件。

"老师,有从东京寄来的邮件。"

我取了邮件交给老师,他注视着厚厚的纸袋说:"终于收到了。"

老师好像事先知道有邮件从东京寄来。他把纸袋翻过来看了看寄件人,点了下头。

"工作上的事情吗?"

"嗯。"

明天是赛车的中间日,休赛一天。后天将开始后半程的赛事。

"您要忙工作的话,今天的晚饭我们就各自吃吧。"

"不用。干活的话也得到夜里了,今晚就算预祝我们赢钱的晚宴。"

"不打扰您吧?"

"我有个坏习惯,没有个仪式就开不了工。"老师苦笑起来。

昨天我们就取消了旅馆里的伙食,所以两人出了旅馆,走上与平时方向相反的坡道。

在夜色中走了一会儿就到了石阶前,下面是商店街。

走完石阶,眼前出现一家演出脱衣舞的小店。我停下来看店头的招牌。老师也目不转睛地看着。

"三郎君,你经常看脱衣舞吗?"

"不太看。"

"要是除了跳舞,还能演些小品什么的就好了。这里应该只能看跳舞吧?"老师用有些惋惜的口气说道。

"要不我去问一下吧。"

我走进店门,向坐在椅子上的男人打听了一下。

"现在不演那些玩意儿了。"我告诉在门外等候的老师。

"说得是……我们吃什么?"

"老师,您想吃什么?"

"嗯……"一说到吃,老师就开始认真思考,"这也想吃、那也想吃……我们先走走吧。"

老师很擅长找好吃的店。

有时我只是为了确认一下,先在店门口窥视,老师则会动作利落地拉开木门。

毫无疑问,我们是第一次来店里的顾客,但老师一点也不像个陌生客人,他能极其自然地迅速融入那个环境。

我们常在店里一角靠墙的位子坐下。几乎无一例外,每次在看菜单时,老师都忽然开口问服务生:"×××正在干什么吗?"

而且他问到的人几乎都被言中,真是很不可思议。

这天夜里,我们进了一家小料理店。

那些熟客偶尔瞥我们两眼。老师在座位上坐下,孩子般翻着菜单。

青鱼的刺身很美味。

老师要了天妇罗,问女服务生有没有本地的蔬菜。女服务生说当然有。

"老师,您对料理真是了如指掌啊。"

"我是美食家。"老师轻声说,忽然挺直了腰板,自嘲似的补充,"而且,是个大饭桶。"

我们点了濑户内海美味的鱼和贝类,还有本地的蔬菜,肚子撑得很饱。

出了小店,我们决定去哪儿喝一杯再回去。

走在商店街上,前方出现了一栋很眼熟的建筑物,是一家电影院。这种老式电影院在东京也已经见不到了。

"还有人在经营这么小的电影院哦。"老师很开心地说道。

这种电影院好像不上映院线新片,只放映经典名片。

"我们进去看一场电影吧?"

"好啊。您想看什么片子。"我应声道。话音未落,一张很显眼的电影海报骤然映入眼帘。

老师也立时停下脚步。

海报上微笑的人,正是我两年前去世的妻子。

我顿时呆住。老师也一动不动地站着。

"三郎君……"

"啧——"

几乎就在老师叫我名字的时候,我咂了咂嘴。

我不清楚自己为什么咂嘴。老师一定觉得我很不礼貌。可此时我顾不上这些,情绪变得极为低落。

"三郎君,我们走吧。"

"走、走。"我应声说道,追上老师的脚步。

两人进了一家小酒馆。

我变得恍惚不安。花了近两年的时间想要忘记的,并且自以为已渐渐忘记的东西突然出现在眼前，还是和老师在一起的时候，这反而让我更加难以控制情绪。

既生气又不安，复杂的心情交织在一起，我不停地喝威士忌。

过去听K前辈说过，他曾告诉老师我妻子已经病故，老师应该知道这件事，据说老师还说过"真是难为他了"之类的话。

"都是我不好，带你来了不该来的地方……"老师轻声说道。

"哪里哪里，是我失态了。我不知该怎么对老师说，其实平时倒也没什么，刚才是有点突然……所以有些失态……"

老师一声不吭地两手捧着威士忌的酒杯。

"老师，对不起，给您添麻烦了。"我轻轻鞠了一躬。

"说到哪里去了。"

"……"

我的心情变得十分伤感。

"听说是个很不错的人，我非常喜欢她。"

我连谢谢都说不出来，只是低着头。

"我几乎不了解她的工作，只把她当成家庭成员。而且我净给她添乱，直到现在还觉得自己太差劲了。"

我发现自己说话的时候，情绪渐渐高涨起来。

"对、对不起，净说些莫名其妙的话……"

"不是莫名其妙的话。而且，你没有做差劲的事。我很明白。"

"……"

"三郎君，有种说法，人不是死于疾病和事故，是死于寿命。"

"……"我不明白老师这句话的意思。

老师没有再说话。

我们喝了点酒，出了酒馆。

蛾眉月透着清光，高挂在夜空中。我默默地走在老师身后。老师的身影时而变长，时而变短。

这天夜里，我难以入眠。可能是由于很长时间没喝酒的缘故，喝完后的感觉就像浑身燃烧着一团火。

我打开窗户让夜风吹进房间，但窗外几乎没有风，只觉得热气在不断上升。

我钻出被窝，穿着睡衣来到花园。旅馆在一个山丘上，所以一进花园便感觉有点风了。

松山港一带灯火通明，住宅和船家的灯火交织在一起。我曾经特别喜欢那一带。

我想起老师说的那些和我妻子有关的话，心中很后悔，为什么没能诚恳地对老师说声"谢谢"。更让我懊丧的，是在电影院门口看到海报时的失态。

不知从什么时候起，只要一出现和妻子有关的话题，我就条件反射般怒火中烧。我不清楚这种情绪是从什么地方来的。此后得了酒精中毒症，幻想和幻觉困扰着我，严重的时候甚至对人施暴。

后来，心情终于开始恢复平静，甚至能这样和老师一起出来旅行……我忽然明白了，原来这一切都不过是装出来的。

我重重叹了口气。

身后好像有动静。回过身去，唯有二楼我隔壁房间的窗户亮着白炽灯。

那是老师的房间。我能看到老师模糊的身影。

他在工作……

觉察到这一点，我瞬间省悟过来，今晚给老师添了太多麻烦。

老师一定想早点回旅馆工作,但由于我的任性浪费了不少时间。

有个声音在我耳边响起,是老师的声音。

"有种说法,人不是死于疾病和事故,是死于寿命。"

这么说来,我妻子是死于寿命……

我并没有明白老师这句话的意思,我想他应该是在安慰我。

站在花园里,我目不转睛地望着窗口透出的灯光。在我眼中,窗口的灯光犹如教堂里的彩色玻璃般光影憧憧。

连续两天,老师一直将自己关在房间里工作。

为了不打扰老师,我也不去他的房间。

我向旅馆服务生打听情况,她告诉我老师白天一直在睡觉,第二天,也就是今天,让服务生帮他叫了附近的中国料理店的饭菜。

"他吃了三个人的分量。"

听服务生这么一说,我倒放心了。

"我打听一下,那个老师是不是地位很高啊?"服务生问。

"为什么这么说?"

"我们老板让我来问是不是地位很高的老师。"

"地位当然很高,不过和你们老板所说的地位高可能不太一样。你就这样回答他吧。"

"好的,明白了。"

我打算把老师留在旅馆,自己一个人外出。

刚才的那个服务生又来了,她扭扭捏捏地看着我。

"有事吗?"

我一问,她将藏在身后的手伸到我跟前,手里拿着什么东西。

"什么?这是。"

"老板问能不能请那位老师签名?"

"签名纸?是要请老师签……告诉你家老板,不行,别打扰老师。"

"可是……"

"怎么了?"

"我也想要。"

我一时无语,望着服务生的脸。

"不行吗?"

"嗯……我也不清楚。现在老师在工作,等会儿要出去,我来问一下他。"

"拜托您了。"

说着,服务生搁下签名用的美工纸离开了房间。

我去了赛车场。由于天气太热,中途去场内的小摊位买了一罐啤酒喝。

很久没在大白天喝过酒了。我稍微有点踌躇。不过一罐下肚,身体没有什么特别的反应。

我又要了第二罐。啤酒没有马上送来。

不,也许马上送来了,是我感觉等候的时间太长,耐不住了。

我的眼前开始闪烁。两次、三次,眼前的景色被一道道闪光笼罩,变得一片煞白。

啊啊,又来了……这时如果马上停止喝酒就不会有什么事。可是,等我清醒过来,眼前滚落着威士忌酒瓶。

"先生,最后一场比赛已经结束了,我们也要收摊了,请您结账吧。"

我付了账,想要站起来,但身体摇晃着,只好顺势蹲下。

"您没事吧?"

声音像是从很远的地方传来,我点了下头,挣扎着想把幻听从耳朵里赶出去。

我睁开眼睛时,四周是一片白光。太阳已经落山了。

我边伸手触摸白光边坐起来,想确认自己身在何处。

视线模糊不清,无法判断这里是什么地方。我坐着,盯着自己的脚看。原来我蹲在草地上。

我听到了尖叫。不是一个人的声音。我向声音传来的方向望去,白光又扑面而来。

我闭上眼睛,开始慢慢地数数。

十、九、八、七……我倒着数。这是小时候医生教我的方法,身体不舒服时就倒着数数。

我渐渐平静下来。

慢慢睁开眼睛,感觉到的光影原来是混合光线。

铁丝网的另一边,是一个有灯光设备的棒球场,有人在打棒球。蓝白相间的运动服在混合光线中显得格外耀眼。

我好像是不知不觉中来到球场边,还在这里睡着了。

抬头望天,夜空中的浮云遮住了月亮。

我环视了一下四周,没有酒的味道。

不要紧,没有喝到烂醉。我嘀咕了一句,说给自己听。

我双手拍打着脸,感觉口干舌燥,立马寻找水龙头。

在球场边的长凳子附近有个貌似可以喝水的地方,我双手抓住铁丝网站起来,向有水龙头的地方走去。

此时,我听见了沉闷的击球声。击球手打出的球迎面飞来。

球犹如慢镜头回放似的,轻轻落到了草地上。

我停下脚步,两眼直勾勾地望着球。

我回到旅馆时，玄关的大门已经关上了。

我拉开侧门走进去。短发男子嘴上说着欢迎光临，眼睛却瞪得滚圆地看着我。

"回来晚了……"

"您在哪儿摔跤了吗？"

听他这么一说，我看了看身上的衣服。裤子和衬衣上净是泥。

"啊啊，不小心摔了一跤。"

我从那人手中接过纸巾擦了擦手，便上楼了。

一进房间，看到桌上放着一张纸条：

　　三郎君，回来后能来我房间一趟吗？

是老师写的。

老师找我有事吗？我寻思。

我走进洗手间，脱下衣服，换上浴衣，又读了一遍纸条。是几点钟写的呢？

看了一下房间里的钟，已经过了午夜两点。

这个时间去老师房间太打扰他了，我想。还是明天一大早去吧。

我钻进被窝，一点睡意都没有。拉开面向花园的木拉门，夜风顺势吹了进来。

我在廊下坐着，想抽烟。火柴湿了，怎么都点不着。

我把烟含在嘴里，坐着发呆。

能想象自己是怎么从赛车场走到棒球场的。夜里的酒害了自己。

我还回忆了一下白天发生的事。以后只要不喝酒就没事了……

对，以后一定不喝酒。我在心中叮嘱自己。

"是的，我可以不喝酒，也没有幻听。"我说出口来。

"三郎君。"

我听见老师的声音。

我摇了摇头，嘴上反复说着这句话："我很好，我很好。"

"三郎君。"

又听见老师的声音。我抬起头，发现老师站在那儿。他穿着蓝色睡衣站在花园的草地上。

那是幽灵，我想。

我闭上眼睛，晃了几下头，慢慢睁开眼睛。老师还站在那儿。

"三郎君，你不要紧吧？"确实是老师的声音。

"啊啊，老师，您怎么来了？这么晚了。"

"我担心你，过来看看。"

"……对不起。"

"不舒服吗？"

"没有，有点喝多了。"

"哦。没你的音信，以为你出什么事了。"

"啊，对不起。"

"没事就好。"

"让您担心了。"

"怎么样？竞轮。"

"几乎没怎么买车券。老师的工作呢？"

"嗯，差不多有点头绪了。"

"那太好了。"

"三郎君。"

"您说。"

"你真的没事吗？"说着，老师指了指我的头。

我摸了一下头，一些泥土掉落下来。

"喝多了，摔了一跤。"

"……是吗。我今晚加把劲差不多能结束，明天一早你能来叫醒我吗？"

"明白了。"

"那你休息吧。"

"晚安！"

老师穿过花园，回到自己房间。

此后我还是无法入睡，一直坐在廊下，脑子里回忆起了很多往事。

昏暗的空间里，还是个孩子的我不知为什么在大喊大叫。这个画面消失后，又有个四处逃窜的少年边哭边喊救命。房间的一角，还有个双手抱膝、浑身颤抖的自己……

我只是静静地看着所有的一切。

老师在赛车场的看台上睡着了。从他安逸的表情可以看出他睡得很香。

直到最后一场也没有想下注的比赛场次，所以我也在看台上东张西望，无所事事。但不能再睡着了，比赛场馆里有很多小偷。关东地区的小偷好像都是单独出没，但在关西地区，很多情况下是由三四个人联手，各自承担不同的任务。他们大多数游走于各地，从近畿或中部一带抵达某地后，连续几天就在一个地方逗留，进行团伙盗窃。俗话说不怕贼偷就怕贼惦记，有人头天被偷了，几天后又被偷了。有的小偷团伙手法很粗鲁，几个人冲进洗手间，围住对方，劈头盖脸一顿乱殴，夺了对方身上的钱包、手表和首饰逃之夭夭。他们瞄准的对象不光有当地人，也有从其他县来赛车场、赛马场玩的人。从他们的偷盗手段来看，说老师和我是他们最好的饵食一点也不为过。只是老师有他独特的气质。我不清楚怎么解释。连那些干着见不得阳光之事的人，一定也能感觉到老师身上散发出来的与众不同的气息。我不清楚这种气息是与生俱来的，还是在什么地方养成的。在东京与K前辈还有I先生等人一起谈笑时半点都没有觉察到的东西，在第一次旅行中与老师一起站在赛车场上时，我却感觉到了。

老师身上有种与众不同的东西……

我发现老师这一面的时候，与其说是恐惧，不如说产生了一种奇特的印象，即老师在某方面有独特的技能。

不过，熟睡的老师是毫无防备的。尤其是并非疾病引发的睡眠，他睡得犹如孩子般香甜，仿佛被细小的光粒团团围在中间，浑身上下透着安详。

我时不时地观察周围的动静。

没有发生可疑的情况。老师睡得那么熟，竟然没有发生什么事，他一定有某种过人的地方。

眼前的赛道上，选手踩着自行车，逆风疾驶而过。看台上响起喝倒彩的声音。

特地远道而来的"博弈之旅"，如果看看就完事的话，连输赢都不会有。要在往常，我会先下个小注试探一下手气，但今天没有这种心情。

我沉不下心来。

我知道原因在哪儿。

两天前的夜里在电影院前看到那张海报后，我还是情绪不受控制了。自以为已经缠上好几道绳索，封得严严实实、丝毫不会泄漏的记忆，轻易打开了盖子，若无其事地出现在我眼前。

我忘记了自己是和老师在一起，情绪十分暴躁，差点就像半年前那样变得一发不可收拾。我还能一直装得很平静，是和老师在一起的缘故。

但是，第二天我从赛场到公园棒球场的行为，和半年前没有任何不同。

也许坚持不住了……

我两眼凝视着右手的指甲，今天早晨才发现手指红肿得很厉害。

击打过什么东西吗？不是人就好……

我开始不安。

"三郎君。"

我应声抬起头，老师的手指着赛道。几个选手倒在赛道上，人们正用急救的担架将他们抬出场外。他们摔得很重。

他们在干吗？这个浑蛋。给我去死吧。这个笨蛋……

看台上又响起一片叫骂声，是冲着倒地后浑身是血的选手去的。

"选手多可怜啊……跌倒了就成了垃圾。"

我竟然没察觉到如此严重的摔车事故就发生在眼前。

"你没买这一场？"

"啊？哦，是。我一直在看。"

"哦……三郎君。"

"嗯，啊，怎么？"

老师抿嘴一笑，说道："肚子饿了吧？"

"是，是有点。"

我站起来，向饭店走去。

"今天还是不喝了吧。"

听我这么一说，老师举着啤酒瓶伸向我的胳膊停在半空中，眼睛睁得圆鼓鼓的望着我。

我好像内心被别人看透似的，垂下脑袋。

"身体不舒服吗？"

"没有，没问题。"

"看上去精神有点不振，昨晚也是。"

"没有，真的没问题。"

老师忽然伸出手，放在我额头上。

"好像发烧了。"

"不，不会吧……"

"发烧了。想起来了，旅馆里有药，我去取。"

"不要紧。可能是昨天喝多了在公园里睡着的关系吧。"

"在公园里睡着了吗？"

"是，是的。"

"过去我也到处睡觉。"

"真的吗？"

"嗯。上野、浅草……还在谷中那里的墓地里睡过觉。人的魂灵会跑出来，摸着魂灵可以暖身。"

"是吗？我见过人的灵魂，但没摸过。"

"东京大空袭之后，那一带到处是人的魂灵。我还试着让他们排队游行呢。哈哈哈哈。"

老师笑出声来，我也被逗乐了。

"三郎君，今天我们就不玩竞轮了，去找家好吃的店怎么样？"

"好啊。"

"去找条渔民街吃好吃的吧。"

老师的声音非常高亢。我的心情也轻松起来。

"太好了。"我答道。

饭店的老婆婆端上乌冬面来了。

"这一带有渔民街吗?"

"我们这里往东走、往西走都是沿海,到处都是渔民街。啊,哈哈哈。"

不知道有什么好笑的,老婆婆笑个不停。

哈哈哈哈、哈哈哈哈……大概是个爱笑的人吧,她笑得眼泪都出来了。其他客人也都吃惊地看着老婆婆。

老师和我也跟着笑了。

看上去像店主的老人从里面走出来,他嘴上说着"对不起,这人一笑就停不下来",不断向大家鞠躬,拉着老婆婆的手进去了。

"她天生爱笑吧?"

"嗯,很有意思。三郎君,我们先喂饱肚子吧。"

"好啊。"

我们开始一鼓作气地吃乌冬面。

突然,老师停了下来,目不转睛地注视着我。

"怎么了?"

"没吃饭钱了。"

"我带着呢。"

"那可不行,最近老向你借钱。你看这样行吗?我再向你借一点,开个公司,看看接下来哪一场比赛可以下注。"

"太好了。"

"这样的话,我很快就能还掉你的债务。"老师很有信心地说,"三郎君,我不会让你亏空的。"

"是,拜托您了。"

老师说的开个公司,指的是几个人一起外出赌博时的游戏方法。即除了各人的赌资之外,大家各出一点钱,好比集资建立一个公司,大家共同商议下什么注。赌博是一个人的游戏,各有各的玩法,所以经常看走眼或者输掉大钱。光靠一个人的资金没法出手的时候,共同出资就能避免输得一干二净。这个办法就等于为赌博买保险。

结果,老师这个提议获得了圆满成功。

"您真是太强了。"出租车司机笑着说。

我们原本打算坐予赞本线去西宇和,但"本公司"获得了意想不到的收益,便坐上了在赛车场门口拉客的出租车。

出租车沿着海岸线奔驰。

"不过,两位先生竟然买中了同一赛道上的两辆车。太了不起了。"

听了司机的话,老师笑了。

"难不成你们事先就知道松山赛车场的这场结果?"

老师故意打趣说:"我们知道啊。"

"哈哈哈哈。"司机大笑。

"所以去凑浦啊。那边的旅馆怎么样?"我问司机。

"那可是好地方哟,边上就是八幡浜。宇和的海叫三崎滩,丰后水道的海潮会突然涌上岸来。我老婆就是那里的人,又凶又小气。不过就在养鱼上舍得花钱。旅馆老板有点怪,但料理可是天下一绝啊。"

听司机这么一说,老师和我对视一下,点了点头。

"三郎君是第一次去凑浦？"

"是的。高中时参加外地的棒球赛，去过再远一点的宇和岛。"

"哦，我想起来了，三郎君还是棒球手呢。听K先生说，你当过教练？"

"很短的时间。教练住院了，只在那段时间里去教过棒球。"

"那也很了不起啊。"

"老师喜欢棒球吗？"

"说到喜欢的话，还是相扑吧。"

"老师练过相扑？"

"没有。我年轻时很瘦的，弱不禁风。难以置信吧。对长相嘛，一直很自卑……"

"看不出来。"

"谢谢。"

太阳西斜，大海开始染上赤霞色。

不一会儿，鼾声响起，老师睡着了。

司机通过后视镜看着我们。"您朋友累了吧？"

"是啊。你慢慢开就行了。"

"我慢慢开，今天也是最后一趟了。"

"那太好了。"

"两位先生是一家人？"

"啊？"

"是我搞错了吗？看上去像父子一样，关系好得很……"

"嗯，真是那样就好了……不是一家人。老师是名人。"

"是这样啊。看上去确实像有身份的人。"

司机伸长脖子看后视镜。

"是什么老师?"

他问是什么老师……我看了一下老师熟睡的脸。他的两只大手很端庄地放在腹部,头稍稍歪着,熟睡的模样十分可爱。

我不清楚可爱这个字眼是不是最恰当,但脑海里只浮现出这个词。

"老师就是老师。"

我这么一说,司机好像也挺能接受,说,这倒也是。

太阳落下了,前方的人家开始点灯。海面上,夜间出海的渔船的灯光在海浪中逆流而行。海潮声夹着海水的气息从窗外扑进车里。

我完全忘记了几小时前还死缠着自己的难以形容的不安。

出租车稍稍偏离海滩,向有山崖的一边行驶,上了一条小路。

"到了,就是这里。"司机说。

我向窗外望去,一家家庭旅馆的招牌上写着:钓鱼住宿,第二宝丸。

司机按了一下喇叭,一个胖墩墩的女人走出来。她对司机说:

"你打来电话后,已经等了好长时间。"

"客人睡着了,开得有点慢。"

老师刚睁眼,一脸睡意朦胧的神情。

女人看了我们一眼,忽然高声叫起来:啊?客人空手来的吗?

"我就是行李呀。"

女人笑了,随即用娇滴滴的眼神望着老师。

我跟她点头打招呼,她完全没有理会。

我付完车费回过头来,女人拉着老师的外套袖口正往里走。我咳嗽了一声,女人放开老师大声说道:

"我马上准备晚餐,先洗个盐汤浴吧,是这里的特色,对解除疲劳很有帮助的。"

女人和我们说话,但让人感觉像在和别人说话。

老师小声说:"这家旅馆有点可怕。"

我望着目光一刻不离老师的女人,对老师说:"我们吃完饭就走吧?"

"嗯,好啊。"

旅馆里传来了男人的声音:"小菊、小菊、小菊……"声音很粗,听上去像在怒吼。

"哎,来了来了……"

女人应声道,像个顽皮的女孩那样吐了一下舌头。接着,她像赶鸭子似的把我们带进敞着玻璃门的玄关。

一走进玄关,有个皮肤黝黑的男人站在那里,头上缠着毛巾,双手插在腹带里。他的脸形像一块岸边的岩石。

"哦,欢迎。"

我点头打了招呼,男人露出白牙,伸长脖子看着站在我身后的老师。

此时,男人的表情忽然一变。他好像发现什么珍奇动物似的注视着老师。我回头看去,老师还是一脸睡意朦胧。

旅馆男主人腰板笔直地端坐在我们对面,他边喝酒边看着老婆婆和刚才的女人端菜进来。

"战绩怎么样?"

老师和我相视而笑。

"看来赢钱啦。我们这里只玩骰子。当然,也有人玩麻将,但会玩的人不多。"

店主大概喜欢赌博,说起了不少当地赌博的事情。

每个菜都做得相当可口,没想到在家庭旅馆还能吃到海鲜汤。

"太好吃了……"

我说。老师重重地点了点头。

"真没想到。"他笑着说道。

店主目不转睛地看着我们，虽然说不上很热情，但也不算冷淡。

最后，渍鲷鱼上来了，店主说：

"做成茶泡饭吃也行，直接吃也行。"

"茶泡饭！"

老师说着举起手。我也学老师的样子举起手来，说要茶泡饭。店主第一次露出了笑容。

店主一笑，倒是出人意料地可爱。

"×××老师……"

他忽然叫出老师的名字。原来他知道老师。

我回头望了店主一眼。老师也睁开眼睛，应声道："在……"

店主从桌子下面取出美工纸，举到半空中说："老师，真对不起，能不能麻烦您题几个字？"

"啊……"

老师点了点头。不知什么时候，老婆婆已经将墨汁和毛笔端了上来。

"我字写得很丑……"

店主像否定老师的话似的，使劲摇了摇头，探出身子。

"我有一次在曾根崎的麻将店看到老师的题字板，上面写着'雀圣'，写得很漂亮。"

"那应该是别人写的。"

听了老师的话，店主将身子缩回去，嘴唇抿成了八字形。

"能不能给我也题几个字？"

店主的表情像孩子快要哭出来了一样。

我扑哧一下笑出声来。老师和店主看了我一眼,我赶紧闭嘴,低下头。

我翻着眼珠看老师,老师也笑着露出白牙。

"那我就写几个字吧。"

"谢、谢谢您。"

店主鞠了一躬,脸都快碰到桌子了。我憋住笑。

老婆婆将装墨汁和毛笔的小盒端到老师跟前。先前那个女人也来了,两眼眨巴个不停。

"不好意思,我会紧张,请大家看另一边。"

大家将视线移开。眼前的光景太好笑了,我又忍不住笑出来。

"三郎君,你也不要看我。"

"是,是,明白了。"

屋子里顿时安静下来。不一会儿,听见老师叹了口气。

"太丑了。"

大家向老师的方向望去,视线都停在美工纸上。纸上写着"赝雀圣",落款是老师的名字。

"哦——"店主发出了赞叹声。

"怎么念啊?"胖女人问道。

"蠢货,给我闭嘴!"店主说道。

我们去卧室之前,老板说:

"明天,我带你们去对面的岛上。那里可是好地方。"

我们坐上了小舢板,由店主摇橹,从崖下的海岸向仿佛漂浮在海对面的小岛驶去。

店主摇橹的技术十分高超。

"技术太好了。"

"一点不假。"

老师不时回头看店主。店主笑着问道："老师，昨晚有人来骚扰你吗？"

他指的是昨天的胖女人。我这样想着，看了一下老师的侧脸。

"平安无事。"

"哈哈哈哈，真的吗？那女的，在发情呢。她一遍又一遍地说，老师是名人啊。老师受不了她的。哈哈哈。没有骚扰您太好了。"

三十分钟后，舢板在对面的小岛靠岸。

在船上时看到的一棵松树，到了岸边仰视它，才发现它弯曲得很厉害。

"有人住在岛上吗？"

我问店主，他摇摇头答道："一个人也没有。"

店主背着一只竹筐，先跳到海水里，将舢板推到岸边。我们也脱下鞋子，下船上了岸。

一间小屋建在像是槟榔树的树底下。树荫里放着一张长凳，树叶的影子在上面晃动。

店主进了小屋，搬出桌椅，随即又滚出一只铁桶。

"我烧点盐汤。你们先喝一杯。"

店主从背后的竹筐里取出啤酒和一升装的清酒，在桌上摆好碗碟，将煮菜和干鱼倒在里面。他随后打开啤酒瓶盖，倒满纸杯。

"啊，让我来吧。"

"不用，你们是客人。请坐好了。"

老师从店主手中拿过啤酒瓶，为店主倒上。店主用两只手捧起纸杯。老师，承蒙光临，他弯腰鞠了一躬。

干杯,老师面向店主说道。店主害羞似的眨巴几下眼睛,一脸幸福的样子。我很理解他的心情。

店主一口干了啤酒,又将清酒倒入杯中,也一口气喝下了。我要干会儿活,你们喝酒。他说着走向小屋,不一会儿用扁担担着两只木桶出现了,向海边走去。

我们望着店主。店主走进海里,海水淹到了他的膝盖。他灵活地转动两只木桶取水,然后稍一弓腰便站直身子。他用扁担前后担着两桶水,滴水不漏地小步飞快走上沙滩,向小屋走去。他到铁桶前蹲下,卸下扁担,将木桶里的海水倒入铁桶。

"我去帮他一下。"

我走近店主,说"我帮你"。店主双唇紧闭,摇了摇头,一声不吭。我又说了一遍"请让我帮你一下",他依然是同样的表情。

盐汤真有种让人说不出的奇妙感觉。

不过,我们还是按店主教的那样,泡过热水后,又在大海里泡了一下身体,心里有说不出的畅快。

"这样可以多活三年。"

店主对老师和我说。老师开心地笑着。

老师站起来,去树荫下方便。

走出树荫后,老师盯着边上的长凳子看了一会儿,坐下来。不久,他睡着了。

我和店主一直注视着他。

"你是老师的学生吗?"

"不是,是朋友……不,应该算是学生吧。"

"你太幸福啦。"

"是啊,我也这么想。"

"老师可是稀世珍宝啊。"店主看着老师,轻声说。

我点了点头。

"睡得真香。"

我又点了点头。

"要是一直住在这儿就好了……"

店主看了我一眼。我不知怎么回答他。

"那太痴心妄想了。能见到老师,我就该心满意足了。"

这么小的渔镇上都有人如此敬重老师,我不由得心生感慨。

"听说老师写了很多好书。"

"是啊。"

"不过,我喜欢现在这样的老师。你喜欢哪样的老师?"

"……"

我歪了下头。店主目不转睛地看着我。

"两种模样的老师我都喜欢。"

"哈哈哈哈,真的吗?你太贪心了。"

我挠着头望着老师。

不知什么时候,树枝上和长凳脚下来了一群小鸟。几只小鸟飞到了长凳子的靠背上站着。

海风吹着树枝,发出沙沙的响声。晃动的树荫与透过枝叶漏出的阳光交叠在一起,只有这一处变得十分炫目。

"听说老师经常这样熟睡,不知在做什么梦。"

"是什么梦呢?"

"一定是好梦。"

"应该是吧。"

不一会儿，店主也开始迷糊起来。

两个大人在一个小岛上睡着了，我觉得他们做的似乎是同一个梦。我还是第一次目睹如此幸福的成年男人。

在去松山的出租车上，老师也睡着了。

我想起了离开旅馆时店主说的话。

店主紧握老师的手，自言自语似的说：

"老师您有空的时候就来这里，在这里待一个季度两个季度都好。我会找齐打麻将的人，也可以找玩骰子、花札的人来，一定能让您挣到相当于工作的那份钱……"

此时，老师露出我从未见过的奇特表情，用含糊不清的语气说：

"我从来没玩得这么尽兴，非常感谢。我不会忘记的，总有一天会再来。"

听了老师的话，店主眼中有东西在闪光。他像要掩饰般递给我一只装满东西的塑料袋，里面是鱼干。

坐在沿海岸线奔驰的出租车上，能看到阳光下闪闪发光的濑户内海。

我有种预感，老师一定会重回这个小渔镇。

远远地眺望着大海，觉得直到昨天还缠绕着我的焦虑已经消失了。不管是在旅馆还是在小岛上，我都喝得心平气静。

老师嘀咕了一句什么。

我看了一下老师熟睡的脸。

多亏了老师……直到此刻，我终于明白了老师为什么要带我远行。

防 府

松山的旅行结束了，我和老师两人坐渡轮从宇品港抵达广岛火车站，我在站台上送走了老师。

在渡轮的甲板上，老师一直面对着那个小岛的方向。

"真是个好人哪。"

我站在老师身边，谈论着渔镇旅馆的店主。

"嗯……"老师点了点头，似乎有些伤感。

远眺着岛影的老师，高大的身材看上去好像要在濑户内海的海风中飞起来。

那天，我们回到道后温泉的旅馆，老师一直无精打采。他似乎在沉思什么，我看得出来他对最后一天的竞轮都缺少兴致。

我想，老师是将什么珍贵的东西留在了渔镇。那是与作为出色作家的老师截然不同的另一个老师拥有的珍贵东西，在小岛上待的半天时间里，他把它藏了起来。

从自身而言，我觉察到了老师对我的关爱，想要对老师说声"谢谢"。但面对沉思中的老师，我没有找到说谢谢的机会。

在新干线就要驶入站台前的短暂一刻，老师笑着说：

"要不和三郎君直接去防府吧？再从防府去九州，玩一趟博弈之旅。"

"那太好啦。"

我回答。不过，我知道老师从昨天夜里一直工作到天亮，所以不可能去。

老师在车窗里向我挥了挥手。

我回到老家，刚过了一个月，老妈给我送来一张明信片。是老师寄给我的。

"这人字写得真漂亮。"老妈看着老师寄来的明信片说，"名字很少见，怎么念？"

"读 YIROKAWA。名人呢。"

"YIROKAWA……好像和歌山那边有这样的人名……"老妈想了想，说道。

"是东京的老师。"

"原来是老师啊，难怪字写得这么好。你在跟老师学什么吗？"

"嗯，很多东西。我第一次遇到这样的老师。"

"那太好了。你在东京待了那么长时间，是在老师那里吧？你爸要是知道了，不知该有多高兴呢。"老妈提起了父亲。

"没必要告诉老爷子这种事。"一提到父亲，我忽然变得气不打一处来。

妻子去世后不久，我便和父亲发生了一次争执。过去，在这个有六个孩子的家中，从来没有人违拗过父亲，而那一次我和父亲吵到差点打起来。家里人都吓坏了。从那天起，我和父亲再也没有说过一句话，我从父亲生活起居的家里搬进了旁边的一栋房子。差不多有一年半的时间，我和父亲连面都没见过一次。

"也差不多该和你爸和好了吧。你爸心里一定很难过。他就是那样的人,从来不会先向人认错,只要你这个做儿子的认个错,他就马上回心转意了……"

老妈说着,长长叹了口气。她头发有些乱,鬓角上露着白发。

老妈开始老了……

夹在我和父亲之间,最受气的一定是老妈。

"还有,你也得好好考虑一下自己的生活了,不能一直这样下去吧。你如果愿意的话,你爸把工作交给你也行啊。"

"我不和老爷子一起工作。而且,我已经不习惯和别人一起工作了。首先,这样对雅美姐的丈夫也不公平啊。"

"雅美有雅美的工作。你是这个家里的独生子啊。"

"我讨厌老妈和老爷子这种想法。说好了我不留在家里子承父业,才让在公司上班的姐夫来这个家。如果老爷子和你是这样想的话,我现在就走。"

"我又没说什么。"

"和说了没什么两样。看来你们两个都老糊涂了。"我声音高了起来。

老妈低下头。

看着老妈的表情,我也沉默下来。我明白老妈是为了我好才说这番话的,自己一时冲动,竟然不考虑她的感受,心里很懊悔。

"心脏好点了吗?"

"嗯,不碍事。"

半年前,我由于重度酒精中毒,犯过几次心脏病。

"脑子呢?"

"已经好了。"我回答得很干脆。

十岁那年春天，我被诊断为幼儿精神分裂症。老妈非常担心，带我去了濑户内海的小岛，换个环境疗养。

近两年，这种分裂症随着心脏病的发作又复发了，有时情况很严重。老妈被我反复出现的忽而暴躁、忽而抑郁的症状吓坏了，没少找人求教。

妻子的去世成了一种契机，潜藏在我体内的各式各样的东西一下子喷发出来。

老妈又问了最后一个让她担心的问题。

"有人说你在赌钱，没有这回事吧？"

我看了一眼老妈。"谁说的？"

"经常来串门的人说的。"

"胡说八道。"

"哦，没有就好。要是让你爸听到这事，可不得了。"

老妈说着，迈步向他们住的房子走去。走了几步，她忽然停下来，回头问道："你向那个给你寄明信片的老师学什么？"

"很多事呢。"

"好人？"

"嗯，当然是好人。"

"是做什么的老师？"

"写小说的老师。"

"真的？"老妈的眼睛顿时一亮，"你不也写过小说，还在写吗？"

我使劲摇了摇头。

"已经不写了，我很清楚我写不了小说。"

"为什么？"

"我没这方面的才能。"

"不一定。你的作文不是老受表扬吗?反正我很喜欢看你写的作文。"

"小说和作文不一样啊。"

"有什么不一样?"

"什么不一样……小孩子写的作文怎么可能和小说一样呢?"

"这个我懂。不过,谁不都是从小孩过来的吗?"

"这话没道理。"

"小说是讲道理吗?"

"行了行了,反正我不写小说了。而且一写就头疼,我不想再变成神经病。"

"哦,我明白了,那还是不要写了吧……"

老妈盯着我的脸看了一会儿,慢慢转过脚跟,消失在花园的篱笆墙后。

我再次打开明信片,就像老妈说的,老师的字的确漂亮。

用蓝墨水写得工工整整的字体,透露出老师诚实率直的人品。

明信片上写的是对松山旅行的感谢、等秋天再一起外出旅行之类的话。最后有一句"请联系我,拜托了"。字旁边用黄色铅笔画了两条线。不是用红笔而是黄笔,挺符合老师的风格,心里觉得挺好笑的。

我仔细读了几遍明信片上的内容,随后将它竖着靠在写字台上的座钟前面。

透过窗户照进来的秋日阳光,只将写字台前的那片空间映得金光闪亮。

我犹豫着是不是要回信。回信当然有诚意,但一想到给老师回信是件很费力的事情,便打消了念头。

下午，我去了车站附近的书店。

我拿着一本书正准备去收银台，目光忽然被另一本书吸引过去了。封面上用很大的字体写着老师的名字。

是一本小说，老师的小说集。我翻开书页，就看到了老师的照片。

他穿着衬衣，打了领带，胸口别着一条宽丝带。这是抓拍的镜头，老师站在讲台上，对着话筒在讲话。

看到打着领带的老师还是头一次。一定是个喜庆的舞台吧。我看了一下照片下方的文字介绍，原来是文学奖授奖时的现场照片。

书里还有一些照片，有被认识的作家围在中间谈笑的，有被一大帮人围着在听别人说话的，每张照片上的老师都神采奕奕。下面的一张照片是在哪家饭店呢？老师被漂亮的女人们团团围住。他蜷缩着身体，看上去挺羞涩的，样子有点奇怪。

无论哪张照片，老师看上去都显得很突出。

还有一张是老师和I先生在一起。I先生和老师都在笑。每个人的表情都很开心。

大家都这么开心啊……

只要有老师在，大家都会变得非常愉快。

我又翻回第一页，从头开始浏览照片。

由于是黑白照片，看不出丝带是什么颜色的，但我猜想是红色的。这张照片和其他的好像有些不同。

哪里不一样呢？我又翻了一下其他照片。

站在讲台上的老师，表情看上去有点疑惑。是因为紧张吗……

也不是。以前和老师见过那么多次，没见过他露出这种表情。究竟是怎么回事？

我合上书，放回书架。

走到收银台前，小架子上放着信纸和信封。还是写封回信吧。我挑好信纸和信封，放到收银台上。

我离开书店，抬头仰望天空，鱼鳞状的卷积云正从大海那一头向这里扩散。云朵犹如无数条鱼在空中嬉戏。

是啊，老师还有很多我不了解的地方啊。

这样寻思着，忽然觉得特别想看一看不太了解的老师的另一面。

"不不……"我嘀咕道。迄今为止认识的老师就足够了。

但耳边又响起了说话声，是一个男人的声音。

"听说老师写了很多好书啊。"

"是啊。"

"不过，我喜欢现在这样的老师。你喜欢哪样的老师？"

是凑浦老渔夫的声音。

几天后，老妈来我住的房子，说希望我去和父亲谈谈。

我没有和父亲说话的打算。

老妈话音未落便被我拒绝了。当天晚上，姐夫来到我的房间。

"三郎兄，好久不见。我知道你回来了，但工作太忙了。就是眼睛和鼻子这点距离，也没来看你，多多包涵。"

比我小两岁的姐夫不好意思地说道。

"姐夫，见外了，倒是我整天在家吃闲饭。"

"三郎兄千万别这么说，我比你小啊。再说，这是三郎兄的家呀，说什么吃闲饭。"

"哪里，我是已经离家出走的人了。虽说也有点迫不得已。近两年的时间，全靠你照顾家里，真是对不住姐夫。我也差不多该回东京了。"

"三郎兄，我想跟你商量件事，能不能和岳父去谈一次。你们也许有点不和，但毕竟是血脉相连的父子啊……"

"让姐夫多费心了，对不住。"

我向姐夫弯腰鞠了一躬。

"请、请不要这样。"

"不不，真的觉得很对不住。但我不想见老爷子。不知道怎么跟你说才好，只有血脉相连这件事不知从何而来，也无法改变。老爷子在我说要离家的时候发了那么大的火，这是事实。但在那之后，我也很清楚老爷子变得异常冷静。老妈应该也清楚。所以，我是在明知给你添麻烦的情况下，让你来入赘这个家的。现在让我和老爷子谈一下，也不会生出别的感情。我还要重复说过的话，老爷子就是那样的人，我也是那样的人。"

"……"

姐夫沉默了。

"还有，我赌博这件事是谁告诉老妈的？"

姐夫的表情一下子变了。

"我不会去找人家说什么的，请你告诉我。"

姐夫结巴着说，不是很清楚，好像是建材店老板说的，他向岳父借钱，很晚才还。

我认识那个男人。在赛车场远远见到过那个人。听说他的建材店要倒闭时，是老爷子伸手帮了他一把。

"哦哦，是那家伙啊……"

"那人经常来家里说些八卦。三郎兄真的在赌博吗？是瞎传的吧？"

我注视着姐夫的脸。

"是真的。是去东京后开始的，结婚后戒了。但在我妻子死后，又开始了。上班攒下的钱去年都花完了。现在到处借钱,继续在赌。"

"借了多少债?"

唯有此时,姐夫看我的表情是以前在大公司当经理时的表情。

我老实地告诉他所借的金额。姐夫的表情变了。

"别那种表情,我不会给这个家,也不会给你添麻烦的。这次我就是来处理这件事的,解决得还算顺利。"

姐夫流露出放下心来的神态。

"厌恶赌博的老爷子和我完全是两个人种。"

姐夫没有再提让我去和父亲沟通的事。

第二天,我去了相邻的镇上。

朋友住在邻近的镇上,我拜托他帮我清理债务。这个从父辈开始就经营会计事务所的人,是我高中棒球队的学弟。

妻子去世后不久,老妈恳求我回老家,那时我因为沉迷酒精和赌博搞坏了身体。

虽说离家出走后,对重返老家有一种感情上的抗拒,但我已经没有了抗拒的体力和精力,而且老妈让住在东京的妹妹把我结婚时的所有家什都寄回了老家我原来住的那栋房子里。

在老家休息了一个多月后,体力也恢复了,我又开始喝酒和赌博。

我在老家借遍了所有可以借给我钱的人。

有的是问朋友借的,有的是问镇上放高利贷的人借的。负债越来越多,有个借钱的朋友把我的事告诉了以前棒球队的学弟,也就是这个会计师。

学弟只知道我学生时代的事情,听说我的债务都是赌博造成的,着实吓得不轻。

我在涩谷有一块很小的地皮。拿到这块地皮也费了不少周折。我原打算盖上房子，和妻子搬到那里生活。但妻子突然生病住院，我和她一起度过了两百多天和疾病斗争的日子，就没再管过那块地。不知不觉中，得益于被称作泡沫经济的大好形势，土地的价格也飞涨上来。

我委托学弟帮忙处理那块地皮。

填完各种啰里啰唆的表格，跑了一圈盖完章，就到了黄昏时分。

学弟将现金和银行存折交给我，是他帮我取出来的。我抽出一部分现金递给学弟。

"学长，不需要那么多。在办手续的阶段，你已经付了我不少钱。"

我没有理会他说的话，邀请他去吃饭。

这家寿司店以前也来过，学弟邀请来的三个人已经在里面等着了。有张脸过去好像见过。

"哈哈，好久不见啦。"

大家都成家了，都是孩子的父亲了。我有种难以适应的感觉。

有个初次见面的男人，用一种自来熟的眼神看我。

学弟们兴高采烈地谈着高中时代棒球的话题。突然，那个人从吧台的另一头探出身子。

"三郎学长，您几年前向××××杂志投过稿吧？"

这个人忽然提起这种事，我吃了一惊。

"你们在说什么啊，什么事？"棒球队的学弟问。男人把我几年前投稿参评小说杂志新人奖的事告诉了学弟们。

他怎么知道这件事？

"学长，真的吗？好了不起啊。"

学弟们高声说道。

"哥们儿,你怎么知道这件事?"

"其实我也在写小说。"男人用骄傲的语气说。

"不想听你的事,快说,学长的小说怎么样啊?"

"那是我没法比的。不管怎么说,是入围最后一轮参加选拔的作品呀。"

"是吗,是吗,学长真了不起。"

"有什么了不起,最后还是没得奖,说明我没这个才能。"

"不是的,能入围最后一轮的作品都是很了不起的。五百个人中只有五个人哦。明白吗?"

这人非常了解情况。

"行了,别谈这个话题了。"

我这么一说,大家反而让我再多说一点。

"已经是过去的事了,不要再问了。"

我有些不快地说道,学弟们闭上了嘴。大家的话题转到高中新教练的身上。

我从学弟那里听说过新教练指挥失误的事情,他说得很逗。

"××××的作品您喜欢吗?"

刚才那人忽然提到老师的名字。我望了他一眼。

学弟们问他:"那人是谁?名字好奇怪啊。"

"×××××总知道吧?不是有一部麻将题材的小说改编的电影吗,他就是小说作者。"

"哦哦,那部电影我知道。"

"那××××就是×××××了?!"

"怎么回事?"

"××××是真名,×××××是笔名。"

"笔名是啥东西？"

"哥们儿，你们连笔名是什么都不知道？一点都不懂文学啊，你们这些家伙。你看看，三郎学长。"

学弟们很不满这个人的说话方式。

"说到×××××的笔名，是因为那人总爱打麻将，打到天亮他会说'早上了，通宵了'，所以起了这个名字。"

"哈哈哈哈，这个有意思。你说的是真的？"

"我没骗他们吧，三郎学长？"

我轻轻点了点头。

"学长，您知道那个'早上了，通宵了'的人吗？"

"稍微知道一点……"

"他是什么样的人？"

"很了不起的人。"

哦——学弟们点着头。

"不过，我喜欢他用××××这个真名写的小说。三郎学长呢？"

"不好意思，我不太了解他的小说。"我这样回答道。男人稍微流露出一点不满意的神情。

"××××和我家老爷子有点纠葛，他写进了小说，写得棒极了。他一定非常喜欢我家老爷子。我是这么想的，您说呢，学长？"

"我说了，我不熟悉他的小说。"

我的声音不禁变得粗暴。一个学弟用手指戳了一下那人。

"我先告辞了，你们喝尽兴啊。"

我刚要掏钱，会计师学弟对我鞠了一躬，说他来付钱。

我连看都没看那人一眼，便走出了寿司店。

太阳已经西沉。

我沿着沟渠边的马路走着。刚才那个人的脸出现在脑海里。

"一点都不懂文学啊,你们这些家伙……"我想起了他说的话。

我最讨厌那种家伙。哪个城市里都有那样的人吧。谈起伪文学来头头是道,装出一副自己多了不起的样子。

我在东京的酒馆里也见到这样的家伙。他们中间可能也有作家。见到他们,除了厌恶没别的。

我停住脚,朝地上吐了几口。

"浑蛋!"我出声骂道。

骂声和痰一起吐出来后,心情也平静下来。

我望向右手边的红砖瓦围墙,很眼熟。什么时候见过?

我看到了围墙里面的房子,一眼就能看出那已经成为废墟。窗户那儿能看到铁骨架。

啊啊,想起来了,那里是医院。过去是精神病医院。小时候我把它叫作"脑子医院",应该是搬迁了吧。

我耳朵里响起了笑声。像被掐着脖子的母鸡发出的令人毛骨悚然的奇特笑声。

随着声音,我眼前出现了父亲的背影。那是抛下呆立的我、一个人大步流星离开的父亲。

年少的我在一个黄昏时分被他抛弃。

那是和父亲来到邻近的小镇后,步行去车站的途中。

围墙里面好像传出了奇特的笑声。那声音无法和人联系在一起。

"爸爸,刚才是不是有人在笑?"

父亲停下脚步,怒气冲冲地说:"你走在这条路上,连围墙里是什么地方都不知道?这就叫笨蛋。我没想到我儿子是个笨蛋。够了,你一个人滚回去。"

父亲撂下这句话,便疾步走了……

那时,我以为自己被父亲抛弃了。

自那以后,我几乎没再和父亲说过话。

"他一定非常喜欢我家老爷子。我是这么想的,您说呢,学长?"

我再次想起刚才那个男人说的话。

"吵死啦!"我骂道,又朝地上吐了口痰。

火车驶进站台。

我上了火车,找了个位子坐下,眼前站着一群一脸粉刺的初中生,也可能是高中生,他们应该是参加完运动队的活动后回家。

这些年轻人就是很久以前的自己。

不知哪个窗户开着,风穿过车窗,吹过整个车厢。

割完稻子后,稻田里散出的独特的草香味扑鼻而来。

没那回事,你小子说啥呢,你干了……稻田的气息中夹杂着乡下口音的年轻人的说话声,一起被风吹了过来。

我看了看膝盖上装着现金的纸袋。

虽然分量很轻,但它却有要和什么事情诀别的沉重感,我寻思。

这大概是我赚到的最后一笔钱吧。我在心里嘀咕。

成 城

秋天快结束时我去了东京,K前辈和夫人带我去青山的寿司店见老师。

已有两个月没见到老师了。

"三郎君,听说你去关西了?"K前辈问。

"是的。只租了个便宜的公寓,不可能一直住下去。"

"关西哪里?大阪?"

"不是。是京都。"

"您去了京都?那可是好地方,好羡慕啊。"K夫人说。

"算不上什么好地方。"

"京都应该算是好地方呀。晚秋的古都有独特的风味。东京这里人太多了。"

K夫人看上去身体有些不适。

"您不舒服吗?"

"有点。不过今天不要紧。最重要的是还能见到老师。"

说着,K夫人的嘴角浮出了笑意。我也点点头,笑了起来。

是啊,我明白她的心情。

我想说，但没说出口。

两次"博弈之旅"，我感受到了老师的魅力，或者说触摸到了老师无限宽阔温暖的胸怀，觉得自己也因此获得了重生。只是，触摸到老师的温暖胸怀后，我越发觉得这只是老师的一个侧面。我有这样的感受，但对崇敬老师的其他人来说，老师身上还有别的与众不同的魅力，我觉得老师包容了所有人的一切。

不记得是哪一次了，在新宿闹市区的某家酒馆里，一个人见到老师后，看似恭敬实则傲慢地向他打招呼，他们还说了一会儿话。这个店的客人好像都是老师的粉丝。大家见到那人傲慢失礼的态度，都很愤慨，纷纷议论道，怎么这样的浑蛋也和老师一起喝酒，老师也太八面玲珑了。

那时，我和老师还没讲过几句话，也不了解他是什么样的人，所以觉得大家这种情绪是出于忌妒。但是，现在我的看法变了。老师有好几面（也可以说是好多张脸），他一定对接近自己的不同对象展示出不同的表情。其实，敬重老师的人很多。

即便如此，从我并不丰富的经验来看，和K前辈夫妇在一起的时候，老师一点也不拘谨，行为举止都很放松。

"搬家的事你知道吧？"K前辈问。

"搬到世田谷了吗？"我看着K前辈和夫人。

"不是，不是，我说的不是我们，是老师。"K前辈说道。

"是吗？我还给老师写信了呢。"

"那不要紧，信会转过去的。说起来，老师经常搬家啊。"

"倒真是……老师好喜欢搬家。"

啊，是这样啊，原来老师喜欢搬家。

"老师那么喜欢搬家吗？"

"是啊，那是一种病。搬家后的当天晚上，老师解开行李绳的时候问师母，'下次要搬到哪儿呢？'被师母狠狠数落了一顿……"

"哈哈哈哈，太好笑了。"

大家正笑得起劲，传来店门被拉开的声音，老师进来了。

"让你们久等了……"老师说着，看到了我，露出惊讶的表情，"这里是松山？"

我笑了起来，老师也笑了。

那天晚上的话题是历史上的侠客。

"关东，过去哪个地方比较强悍呢？"K前辈问道。

"北部吧。"老师很随意地回答。

"北部指的是栃木一带吗？"

"群马也是，还有上州。"

"国定忠治吧。"

"不错。上州有个望族，姓大久保，大前田英五郎也出自这一族。国定忠治也称英五郎为叔伯。他们差不多生活在江户幕府末期。东京，或者叫江户吧，虽说新门辰五郎很有名，但要说到最著名的还是武藏屋、落合、上方、小金井、会津小铁……西部地区，清水那里要数次郎长、山崎屋、渡边、大场、谷部……"

一个个有代表性的侠客的名字，从老师的嘴里哧溜溜吐了出来。

真是超强的记忆力。

"大前田英五郎占据北关东一带吗？"

"不不，地域好像更广。英五郎从关东到关西，势力范围包括了两百好几十个地区，他从那些地方的赌场抽的头钱超过两千两。他威望极高，传说中就连那个次郎长被问到谁是老大，他也要威风凛凛地说是英五郎。"

"原来如此。"

"是啊,传说中说他气度很大,所以上州的人很早就有强悍的美誉,也确实很强。"

"说到那个次郎长,《东海游侠传》里写的有多少是可信的?"

"唔,天田五郎是次郎长的养子,所以不知道他写义父的事,究竟有多少可信度。总之,书里写的后半生很值得怀疑。不不,前半生也说不准……"

"果然是这样啊……"K前辈双手交抱在胸口。

"K先生,你怎么想起这件事了?"

"不不,就随便问问。"

"我家里有些资料。"

"不不,没什么特别的意思。"

我沉默地听着老师和K前辈的谈话。

"××××正在住院吧?"K前辈换了话题。那个名字也是我听说过的作家。

"好像是。他年轻时就得过很严重的结核病。"

老师看了我一眼。"听说你去关西了?"

"暂时的。"

"哈哈哈,那就好。"

"K先生,下次和三郎君一起,咱们三个去旅行吧?"

"太好啦。有三郎君在,我就很安心。"

"对对,你可以轻松一点。"

"轻松一点?明白,明白。不如再来一趟博弈之旅吧,好久没去了。"

"要不去弥彦村吧?"老师很少见地说出了具体地名。

"弥彦是什么地方？"K 前辈问。

"在新潟县。不是有个弥彦神社吗？"

"啊啊，过去出过事，参拜的人被挤死了。是那个地方吗？"

"不错。不过是个好地方。是吧，三郎君？"

"是。那里有日本唯一的村营赛车场，就在弥彦神社里。"

"过去寺院和神社里都设赌场。对了，千叶那个地方有侠客吗？"K 前辈问道。

"有啊。我想想。啊，记不起名字了。"老师说着，两眼直勾勾地看着眼前的酒杯，陷入沉思。

"不用那么使劲想，想着想着便睡着了的话就麻烦了……"

听 K 前辈这么一说，老师不好意思地笑了。

"那我睡啦。"老师瞥了 K 前辈一眼。

大家一起笑了。连吧台里的店主也不例外。

"今天好安静啊。"老师边观察门外的动静边说道。

这样很好啊，店主说。这可不行啊，老师神情严肃地答道。

"我刚才特意把帘子撩上去了，听了大家的谈话，受益匪浅。"

"是吗？那好，付点学费吧。"

K 前辈说。大家又笑开了。

老师靠着吧台，竖起一根食指，指尖沿着酒盅的边儿轻轻滑到酒壶。然后，又滑向 K 前辈的酒杯。

大家都看着老师的手。

"这是做什么？"K 前辈问。

老师的指尖回到酒盅边，又伸向 K 前辈的酒杯。

"从千叶的木更津照这样到上州，有条可以一直连下去的博弈之路。"

"博弈之路？在什么地方？"

"是这样。据说男人为了磨炼,一个驿站接一个驿站地赌下去。让人羡慕的时代啊。有人现在还活着呢。"老师感触良深地说道。

我想起了松山的渔夫。

"刚才您的手指还滑过了酒壶。如果酒杯是上州的话,酒壶是哪里呢?"K前辈问道。

老师慢悠悠地环视了一下K前辈和夫人,还有我的脸,然后颇有深意地注视着吧台里的店主。

"房总那里是酒壶。"①说着,老师吐了一下舌头。大家扑哧笑了。

出租车驶过新宿大街后,在甲州大道上加快了速度。

"明白了,就照您说的做。"

我答话时,老师已经打起呼噜睡着了。

"司机大哥,他睡着了,请您开慢点。"

"哦哦,知道了。是到成城北口吧?"

"快到的时候,我会叫醒他问一下。"

"好的。"

刚才和老师坐上出租车,老师说要送我去新宿的宾馆,我谢绝了好几次,但老师还是执意要送。

"你什么时候住进去的?"

"今晚才去。"

"那还没有办入住手续吧?"

"嗯。"

"那样的话就住在我家。宾馆的住宿费很贵的。我这次搬进去的

---

①日本称酒壶为"铫子",铫子又为地名,位于房总半岛。此处巧用双关语。编注。

房子有客房。"

"不了，不用了。"

"不要拒绝。出去旅行的事还没谢你呢，我那儿还有过去的录像带，很有意思。"

"不了，不用了。太打扰了。"

"……"

老师目不转睛地注视着我。

被老师的大眼睛注视着，我不知道怎么做才好。

"其实，今天我回家比说好的时间要晚。"

怎么回事？

老师说他出门时说今天十点前回家，现在已经过了十二点，如果我帮他解释一下的话，就算帮了他的大忙。

"明白了，就照您说的做。"

老师在打呼噜。司机又提速了。

我将身子探向出租车司机，告诉他看到自动售货机就停车。

出租车停在八号环线边上的自动售货机前。我下了车，拿出一千元的纸币请出租车司机帮我破开，接过硬币，叮嘱司机开慢一点。

我在自动售货机上买了烟，站在那儿点了一支。

抬头仰望天空，只见秋月透着玉色的清光。

我耳边响起一个男人的声音，带关西口音的尖利的声音。

"这样子啊，这个都没读过啊，那还好意思喊人家老师？来我家吧，从连载的第一章开始，我就装订成册了……"

在西宫赛车场有个男人跟我打招呼，自称小健。我们俩在十三这个地方喝酒时，他忽然提到了老师的名字。

"我这两只眼睛亲眼见过。有个朋友是竞轮记者，听他说老师会来岸和田的纪念赛事，我就一直等着。呵，果然来啦。我一眼就认出来了。长相就是不一般。"

听他开心地说着，我也变得十分开心，最后竟跟着去了他家里。他家的书架上排列着老师的书。

"这也是老师的书？"

"是呀。写历史小说时用的另外一个名字。你什么都不知道啊？"

小健递给我一个文件夹，我打开，开始读老师正在写的连载小说。一读到开头部分，我就被刺痛了，合上文件夹。

"怎么啦？"

我又翻开文件夹，重读刚才的地方。

  精神病，即意识异常的总称。他们的病症千差万别，有程度轻重之分。有的人只在特定时间间歇性发作，有的人是由某种神经的部分病变引发。完全丧失正常意识的人只是极少数。他们几乎只有程度上的差异，但这种差异并不反映在 X 光或 CT 检查中。既然正常人与狂躁症患者的差别原本就是个程度问题，那么这条界线应该是很明确的，但事实上并不明确。（中略）为什么来医院，甚至要住院？因为自己的大脑出了问题的实际感受很值得珍惜。

读到这里，我开始感到害怕。

这一段，显然是老师身体中的另一个他在独白。

为什么他能这么冷静地写这样的事。我合上文件夹，沉默着。

"怎样？不得了吧？这个……"

"……"

我重重地叹了口气，凝视着眼前一串不知是什么的液体，那是一股犹如焦油般从天花板上滴落的黑色液体。

"怎样,这个……"小健语气中充满崇拜。

"你说什么?哦,是这个啊。"我特意加重语气,眼睛瞪着小健。

老师旅行的时候一定也在写那部连载小说……

我听着身边传入耳朵的呼噜声,望着车窗外移动的月亮。

"马上到成城了,先生。"出租车司机说。我叫醒老师。

眼前是十分高档的住宅,设计现代而时尚。老师按响门铃。

我想着要和夫人礼节性地寒暄,便端正了一下站姿。

开门的是一位瘦高个男人。那人透过圆眼镜看了看站在老师身后的我,轻轻点头示意。我弓了下腰。

"晚了晚了……这位是三郎君。三郎君,这位是××先生。"老师把我介绍给对方。

"我叫××。"圆眼镜很有礼貌地鞠了一躬。

在玄关,我把水果递给他。刚才趁着买烟,我找了一家还没打烊的水果店买了点水果,请店里的人给包装好了。

"一点小心意,请笑纳……"

"什么东西?这个。"老师问。

"刚才正好还有个店没打烊,所以给夫人……"

"你真是个老派的人啊。她今天回娘家了。"

进了房门,三人走在走廊里,里面传来轻快的音乐和女人的歌声。

"啊,不好意思。我刚才在整理房间时发现一盒没有名字的录像带,就看了。"圆眼镜说。

"这是多萝西·拉莫尔的歌曲,公路片系列。没记错的话应该是《通往乌托邦之路》。"

老师说起从里面传来的女人的歌声。

"哦，这样啊。"

"奇怪了，我应该都写上名字了呀。"老师说着，和着歌声，右手在大腿上打起了节拍。

"有三盘没有名字的装在一起。"

"啊，我想起来了，那是准备寄给××的。最近他老催我，我还找过呢。太好了。××在那方面特别有艺术细胞。"

老师自言自语般地说着那位落语家的事。

"您马上工作吗？"圆眼镜问。

"不……"老师支吾了一下。

"您肚子饿吗？"圆眼镜问。

这人是干吗的？

"嗯，有点饿了。"

"我学着做了回锅肉和干烧虾仁。"

"太好啦。三郎君，××是位有名的厨师哪。喝一杯吧。正好，正好他在放电影录像带，我们边欣赏克劳斯贝和霍普边喝酒。"

"我马上去热一下，请您先换件衣服吧。"

"三郎君今晚住这儿，所以我把他带来了。"

"那我准备一下二楼的房间。"

"就让他睡你边上吧。"

"不了。我要拿稿子，拿到后马上要送到印刷厂。"

原来是编辑……

起居室一半的房间堆着纸箱，堆到天花板，还放着一台很大的显像管电视，皮沙发像电影院里那样摆了两排。大屏幕上两个戴着哥萨克帽子的男人和一个女人在跳舞。

老师不经意地拿起茶几上果盘里放着的柑橘,边剥皮边两眼紧盯着画面。

"熊马上要出来了。"

"是熊吗?"

"嗯,是熊。"

老师全神贯注地看着电影,剥落的柑橘皮掉到地上。同样的表情我好像在哪里见过。

是在一宫街上的那家爵士乐酒吧,见过相同的表情。

我也看着画面。

嘿嘿嘿,我听见了笑声。抬头一看,老师笑得像个淘气的孩子,手指着画面。

看着老师这天真的样子,我忽然想起在小健家读的小说的一节。

"因为自己的大脑出了问题的实际感受很值得珍惜。"

我忽然感到头晕。

老师粗粗的手指上沾了柑橘的果汁,他往裤子上擦了一下。

此时,背后的房门伴随着巨大的声响拉开了,智利辣酱油的香味在房间里散发开来。我这才清醒过来,回过头。

圆眼镜两手托着盘子站在那里,托盘上放着菜碟。

"这里是已经去世的××××先生的家。他太太希望我把房子租下来。"

我知道这个作家的名字,是写"官能小说"的人气作家。不知道并不写这种类型小说的老师怎么会认识他。他一定也是个好人,我想。

"我听K前辈说,您很喜欢搬家,是真的吗?"

"嗯,我老静不下来。"

说着，老师扫了一眼起居室的天花板和墙壁。

"如果在这里能静下心来就好了。"

老师一脸担心的神色，环视房间。

我耳边又响起了 K 前辈的话。

"是啊，那是一种病。搬家后的当天晚上，老师解开行李绳的时候问师母：'下次要搬哪儿呢？'被师母狠狠数落了。"

老师又环视了一遍房间。

"三郎君，你去过我左门町的房子吧？"

"是的，去过两次。和编辑打过麻将。还有 K 前辈和 I 先生，还玩了骰子。"

"不错不错。好想玩骰子啊。"

老师说着，留意了一下纸箱另一头的厨房里的动静，那里传出洗东西的声音。

"去过大京町吗？"

"没有。"

"涩谷呢？"

"没有。"

"丰玉呢？"

"没有。"

"是吗……"

"您搬了那么多次家？"

"嗯……"

说着，老师一边振振有词地说起各条街道的名称，一边掰着手指。一只手立刻掰完了，另一只手也掰完后，又张开手指数了起来。

数到十七、十八时，老师开始沉思。他那双独特的大眼睛朝上翻着，转动几下，直勾勾地凝视着一点，紧接着重重地叹了一口气。

"数个数都把我累的。"

哈哈哈，我笑了起来，老师也苦笑了一下。

圆眼镜端来了咖啡。三人说笑了一小会儿，老师就去房间工作了，我上了二楼。

怎么都难以入眠。觉得黎明的光线已经透过窗帘缝隙照进房间时，我才终于睡了过去。

睡梦中，觉得有人窥视过我的房间。

我睁开眼睛，换好衣服走出房间。老师正好走上楼梯。

"我把浴衣放在那儿了……我给你放热水，你洗个澡吧。"

"我不洗了。"

"已经在放水了。再说下面还在准备早餐。"

夫人大概回来了吧，我寻思。

老师说着，走到二楼的走廊尽头，打开房门进去。

他出来时袖口往上卷起，手臂上弄湿了。

"温度应该正合适。我喜欢温一点。你可以拧一下那个红色的水龙头，热水会出来。毛巾放那儿了。"

"哦，哦，谢谢！"

我进了浴室。外面的光线透过磨砂玻璃窗照进来，浴室很亮堂，设计得十分时尚。

浴缸的热水中倒映着窗外的树影。

我洗完身子后，泡进了浴缸，闻到树叶被阳光照射后散发出的清香。我发现窗户开了一条缝，花园中高耸的树木，一有风吹便摇摆着靠近窗户。

我闭上眼睛再次吸了一口气,真是久违了的草木的香味。

心里的感觉十分奇妙。如果不是在老师家,我一定以为是在哪个度假村里的浴室。

有人敲门,我赶紧从浴缸里跳出来。浴室门外有个高大的身影。

"三郎君,没事吧?"

"啊,是,没事。我马上出来。"我急忙回答。

下了楼梯走到一楼,厨房里已经准备好早餐。我寻找夫人的身影。

昨晚的圆眼镜围着围裙从厨房里出来了。三人在餐桌边坐下,开始吃早餐。

我很惊讶,早餐做得非常可口。是这个男人做了这顿早餐。

"要不要再来一碗味噌汤?"

我把木碗放在圆眼镜送到跟前的托盘上,说了一句拜托了。

圆眼镜站起来,兴高采烈地向微波炉那头走去。红色的围裙和他很般配。

"味道怎么样?很不错吧?他很会做饭。"

"我和您的看法一样。"

圆眼镜端着放味噌汤的托盘回来了。

"什么看法?"圆眼镜后面的眼睛笑着。他又站起来去给老师盛味噌汤。

我低声问老师:"您的工作完成了吗?"

"还没开始呢。战斗即将打响。"

老师像摔跤手那样滑稽地举起两只拳头。

老师的工作一结束,我们就出门了。

头上是一片澄净的蓝天。

我原本打算去新宿的，老师说能不能陪他去一下，他告诉出租车司机去神乐坂。

老师在出租车上睡着了，脸色有些疲倦。

真没办法，老师一直在工作……

就是这样，他还给我准备好了洗澡水，我实在于心不安。

久别重逢之后，我发现在东京，老师果然每天都忙得不亦乐乎，和在外旅行时的状态截然不同。

我不清楚成城的大房子究竟是否代表老师的风格。

老师很了不起，所以那个房子应该符合他的身份。

出租车停在坡下，我叫醒老师。

这是哪儿？你是谁？老师用一贯的眼神扫视一下四周，最后呆呆地望着我，笑了起来。

一迈开步子，他依然健步如飞。

上了坡道便到了目的地，老师撩起门帘。

走进店门，里面都是女顾客。这是一家甜品店。

女店主见到老师，咧嘴笑了。我们在最靠里的桌子边面对面坐下。

"您可以吃甜品吗？"

"嗯，可以。"

"这里的豆沙水果凉粉天下一绝。"

"哦，是吗，那就来一份。"

"老师，您好久没来了，身体还好吧？"

"还行。你呢？"

"不错。上周您夫人来过了。"

"哦，是吗。我还是要常吃的那个，两人一样。再加一份水晶糕。三郎君你要吗？"

"我不要了。"

"老板娘,我还要五罐豆糕,帮我装好,我要带回去。三郎君,你住在关西的什么地方?"

"京都。"

"京都啊……那里听上去很古老,实际上很时尚。那里的人好像都很喜欢前卫的东西。爵士乐也是,人才辈出。"

啊……老师真是对哪里的事情都了如指掌。

"这么好的天气,正巧你也在,真想去趟弥彦……"

"那我们去吧?"

我说完,老师"嗯"了一声,没再有其他反应。

豆沙水果凉粉没想象的那么甜,我也全部吃了下去。

"豆沙也有点咸味呢。"

原来是这样……

"想起来没有,有一次你来过这个坡下的旅馆。"

"记得,有一只猫。"

"对对。我要在那里待几天,你能来接我吗?三天我就能忙完工作。"

"明白了。"

"在那儿,我们玩写小说的游戏吧,就像玩相扑……"老师说。

我低下了头。

"啊,对不起,我忘了。"

"对、对不起。"

"不,是我不好。我记错了。请你忘记。"

"没有,没关系。"

我们走出店门,就在那里分手了。

浅 草

那天下午，我从上野站坐上了北上的列车。

火车驶过大宫站后，景色开始变化，高楼大厦在视野中消失，平坦的大地上出现了田园和杂木林，有时还能见到小树林中闪过的寺院的影子。

也许老师喜欢这样的风景。我坐在火车的座位上，眼前不由自主地浮现出老师闭着眼睛的身姿。

我想起了今年春天的旅行，火车经过富士山时老师浑身冒汗，拼命在忍受着什么，还有自己那时是多么狼狈不堪。

我走到有公用电话的车厢，拨了 K 前辈家的电话号码。

"我该怎么办？是不是要让火车停下来，送老师去医院？"

"三郎君，这恐怕做不到吧。"

"老师的样子真的很痛苦。"

"三郎君，火车到哪里了？"

"应该到静冈县附近了。"

"窗外能看到富士山吗？"

"嗯？您说的是那个富士山吗？"

"是。"

"没错，我们说竞轮的话题时还开着窗户呢……但现在拉上窗帘了。"

"是你拉上的吗？"

"不是。"

"这就对了。问题出在富士山。"

"啊？您说什么？"

"我是说老师身体不舒服，就是因为富士山。怪我没告诉你，老师见到尖的东西，有时就会犯病。"

"……尖的东西？"

"比如鸟的尖喙。那些圆锥体的东西也不行，他会很害怕，有很奇怪的生理反应。看不到富士山了，他就会好的。不好意思，昨晚我熬夜了，挂了。"

"好，好……"

自那天早晨之后，我和老师外出旅行时都不由自主地关注周围的景色。

但我从没有发现过会让老师犯病的很危险的东西，老师自己一脸焦虑地说"这东西很奇怪"的情况，倒发生过不少次。如果搞不清老师看到了什么，我便事后向当地人打听周边的风景，得到的回答是那里有赞岐富士山、关原上有伊吹山等。

老师也十分害怕铁塔，倒也不是任何铁塔都害怕。这一点很微妙。有时他极其平静地走在铁塔下，甚至还在铁塔下小便。

我不明白其中的差异，所以就不再理会。不记得是哪一次和K

前辈谈起这事，K前辈没事人似的说：

"三郎君，怕的人是他自己，我们再怎么担心，也不清楚他真的害怕到什么程度，只能听之任之。"

话虽如此，就像看到富士山时那样，老师即使闭上眼睛，也还是眉头紧皱、咬着嘴唇。见到这种苦恼的模样，不禁令人心生怜悯。有时我甚至想，老师还是别费这么大劲外出旅游了吧。

我从小到大一直有对某种东西的恐惧感，所以觉得多少能理解老师的感受。

北关东平坦的背景中，住宅和高楼大厦逐渐多起来，火车抵达了宇都宫站。山坡上能看到两座电视台。

"看到那个会有什么反应……"

我忽然察觉到在自言自语，苦笑了一下。

我来宇都宫是为了听I先生的演唱会。

刚入夏时我收到演唱会的邀请，应该去不了东京的最后一场演出，所以就来听前一场宇都宫的演唱会了。

我给I先生的事务所打去电话，自报家门后，对方还记得我的名字，说非常欢迎光临演唱会，会在剧场入口处准备好入场券。对方彬彬有礼的回答让我很惊讶。

去年刚入冬不久，I先生的歌曲便流行起来，全国各地都在播放。每当听到他用手指弹出的美妙音符和独特悦耳的歌声，我便会想，在老师家里玩完麻将和骰子、深夜一起去喝酒的I先生，和满大街都能听到歌声的、在海报上低着头的I先生不是一个人。

他给我的印象是说话时总是微微低着脑袋，还有他洁白的牙齿和一双大手。如此大的手，竟然能那么灵巧地拨弄琴弦，我钦佩不已。

我稍早一点抵达了剧场，入口处已经排起了长队。

票贩子走到跟前说有票哦。我回答说我有票。我也收购你手上多余的票，票贩子说。演出当天票贩子还有生意，足见I先生人气很高。

到了入口处，我报了名字，对方让我稍等一下。随后来了一个年轻女子，转告我I先生的话，演出结束后请我去一下候场室。她告诉我候场室在舞台后面。演出开始前，我就在剧场边上的公园里找了张凳子坐下。

太阳开始西斜，天空被晚霞染成红色，卷积云格外耀眼。

带着孩子的母亲从我跟前走过。我眼前出现了老师小学时代获得书法大奖的照片。记不清是什么时候了，我在书店随手翻到了登在杂志上的那张照片。老师的字写得很漂亮。少年时代，他是个十足的优等生。一想到那些字，我又想起了老妈让自己练字的事情。

"不再认真一点练习的话，怎么进步啊？"

这是老妈的声音，还夹着叹气声。

真是一事无成，什么都没干好……

刚才见到的那个票贩子，把包搁在膝盖上，边看着笔记本边抽烟。他也干完活了吧。

票贩子嘴里吐出一个漂亮的烟圈，往空中飘散而去。

演唱会上气氛十分热烈，我只是茫然地听。

他们为我准备了最前排的座位，我甚至能看清I先生脸上流着的汗。观众们的情绪沸腾到了极点，我感觉五官都在发涨，发热的身体一下子无法冷却下来，于是走出剧场去吹了一会儿晚风。

后台入口挤满了人。我被带到一个房间，只有I先生一个人在那里。

"才来啊。"

"对不起，让您久等了？"

"没有，没有。怎么样？有时间的话要不去喝一杯？"

I先生用右手的食指和拇指比了一个O形。

"嗯，有时间。"

"三郎君，你一个人？"

"是啊。"

"我也一个人，我已经让酒吧留座了，去那里喝一杯吧。"

"好。"

两人在没有赌博也没有喝酒的状态下交谈着，我感觉很奇特，难以想象刚才他还笼罩在炫目的光影中。

这和过去我遇到的某个人的说话方式很相似，可我想不起来是谁。也许是在电视上看到的I先生接受采访时的情形。

那家酒吧就在斜坡边上，店堂里非常安静。

"演唱会很辛苦吧？"

"是啊……工作嘛。觉得怎么样？"

"我觉得是很辛苦的工作。"

"是啊，挺辛苦的。"

I先生好像在说别人的事情。

"谢谢您特意发邀请函给我。"

"哪里，你特意赶来我才要谢谢你。听说你现在在外旅行？"

"是啊，今年夏天在京都租了房子。"

"哦，你觉得京都怎么样？"

"城市的氛围很独特。"

"是吗，怎么样？你说的氛围。"

"应该是人的氛围吧。"

"嗯，是人的氛围……"I先生轻声自语。

"听说你和老师去旅行了?"

"是的。初秋的时候一起去了四国的松山。"

"去竞马场?"

"不是,赛车场。"

"哦,竞轮。一直就玩这个?"

"还玩了一点麻将。"

"那一带打关西麻将?"

"是按东京和松山的规矩玩的。"

"松山的规矩?"

"带花的。"

"哦。"I先生又沉思了片刻。

"老师的战绩怎么样?"

"麻将赢得不多,竞轮来了个出奇的大翻盘。"

我没告诉他,老师还去了当地的赌场。

"那太好了。"

"不过,好像工作任务很重,旅行中一半时间都在房间里工作。"

"很少见啊。"

"是吗?"

"嗯,老师出去旅行一般都不带上工作的。看来他的工作忙得连业余时间都没有了。"

"说的是,房间的灯光常常亮一整夜。"

"老师写东西的时候不知是什么样。虽说和别人不会有什么不同,但又觉得老师还是有些不一样。"

"是吗?"

"不不,我没见过,所以也不清楚……对了,写的字应该和别人不一样。"

"哦哦？"

"嗯。有人在稿纸上工工整整地填满一个个方格，有人写得歪歪扭扭，字小得像蚂蚁在爬。老师是哪一种呢？想想也蛮有意思的。"

I先生笑了。

"三郎君，你喜欢什么样的老师？"

"你说什么……我没想过。但不管老师是哪种人，都是他自己……哪种我都喜欢。喜欢这个词有点奇怪吧，感觉很不错。"

"对对，感觉很不错。不知道老师的性格是不是变来变去，我想不可能光是写字会变来变去。"

"我也不知道。没有觉察出来，我原本就比较迟钝……"

"没给你讲过侏儒的故事？"

"没有。"

"很有意思的故事。老师好像经常观察那些人。我最近也经常看到那种人。"

"……"我不知怎么回答。

I先生看上去有点疲惫。

"你看了老师写的小说吗？"

"啊，哦，看了一点。"

"觉得怎么样？"

"故事有点悲伤。"

"是啊，很伤感。谁都有精神不正常的时候，不过和那个故事不是一码事。写小说需要一点点积累，很累人吧。我实在无法想象……三郎君不也写些东西吗？"

"我已经不写了。读了老师的小说，我越来越明白，自己完全没这方面的天赋。"

"需要天赋吗？"I先生说着，歪了歪头。

"不要吗……"

"需要吗……我不这么想。需要的是技艺，还有他妈的能量。"

"啊……"

"哈哈哈，说得有点粗鲁了。"

这回轮到我不明所以地歪了下头。

"我也在想要不要和老师去旅行，很久没去了……"

"去吧去吧，一定受益匪浅啊。说实话，我有种获得了重生的感觉。"

"获得重生……我理解。会有那种感觉。不可思议吧。那到底是什么感觉呢？无论什么事情似乎都能在老师那里得到答案。好像拿了本《圣经》在走路。"

"你说《圣经》？"

"是的。我说的不是那个高高在上的上帝，而是感觉很普通的一个人，不不，和其他人还是有点不同。非常普通的神。对，就是那种感觉。就是小时候到处可以看到的那种，树上的、玉石上的、挂在妈妈嘴边上的神，极其普通的神……"

"啊啊……"我点了点头，I先生笑着站起来，伸出两只大手。

我嘴上说着感谢他今晚招待的话，弯腰鞠了一躬。

"我才要谢谢你来捧场。但愿以后还有机会像今天这样喝酒。"

"是，是啊。"

我在国道边上送走了回东京的I先生和他的经纪人。

第二天，我在宇都宫坐上了开往东京的火车。

坐新干线原本只要不到一个小时的车程，今早出人意料地很早就醒来了，我便上街去转了转，买了本文库本。我寻思读完这本书要花的时间和坐火车的时间正好吻合。

在街上漫无目的地闲逛时，我清楚地感觉体内那个硬块又在游走。大概是昨晚和 I 先生一起喝的酒还残留在身体里的缘故吧。比酒精更严重的，可能是演唱会的热力和不断侵入的音乐打乱了体内的平衡感。

走在商业街上，主干道人迹稀少。到处都关着铁门的商业街让人感到寂寥无奈，这是在今天日本哪条街上都能见到的光景。吹过大街的秋风让我感到些许寒意，却感觉不到人的气息。我钻进一条与主干道交叉的小巷子时，才觉出一点不同的气氛。

肚子饿了，我走进一家荞麦面店。

我无所事事地等着荞麦面上来，门口进来了一家人。啊！这个人我见过。这个带着老婆孩子一起进来的人，正是昨天问我要不要演唱会门票的票贩子。票贩子边训斥吵吵嚷嚷的孩子边看起了报纸。他老婆在一旁看着三个孩子和丈夫，频频地擦汗。票贩子抽着烟，十分专注地在看报纸。

竟然有这种巧事。票贩子吐出的烟雾变成一个个漂亮的圈圈向头顶上飘去。他没有认出我。当票贩子的人，大多有不错的家庭。他们不需要和别人去争什么，只要记住了窍门，就可以过得很安稳，这大概是很多人没有料到的。

不知道这种巧遇的概率有多大，也许我和这人有种缘分，才让我们在什么地方再次相遇。

如果用某人的话来说，这种缘分让人相遇，也让人分离。家人也只是缘分深一些而已，不用想成什么特别的东西。大多数人很看重缘分的深浅，制造出很多羁绊，把人给束缚住了。

两年前，我下定决心断绝人际关系，做得很彻底。隔断了与过去的所有联系之后，人一下子变得超乎想象地轻松，判断事物的基准也变得明确了。切断对人的依靠，就像打棒球所说的防守范围缩小了，多余的跑动也就减少了。

但是，唯有老师不同。如果说因为老师深不可测而感到恐惧，那就错了，我压根儿没有想一探究竟的念头，整个人都沉浸在奇妙的安心中。I先生对老师也有一种特别的感情吧，昨晚他说的话传达出了这一点。我告诫自己不能依靠老师，见到老师后却觉得这种念头根本就是多余的。我觉得很不可思议。

出了荞麦面店，我走上通往车站的街道，见到一家书店，信步走了进去。书架上老师的名字赫然在目。一看书名，忽然发现就是那本不知哪次K前辈的夫人说过她喜欢的短篇集。

我付钱买下了书。

坐上急行列车后，我找了个有空位的车厢坐下。

这本书开篇写了老师一家的故事，尤为细腻地描写了他和父亲的关系。就连神乐坂自家房子的高度、屋顶砖瓦的褪色程度都能感受到，虽然文字里并没有直接描述。

最后的场景是一家人不知道该不该去看应该还没有离开花园的熊，故事到这里便戛然而止。我合上书，重重叹了口气。

火车驶进久喜站，站台边的树上开着一些小花，大概是木瓜树。

我想起了老师写作时的表情。

好伤感的故事。这样想着，口中有一股苦涩的味道在扩散。

我从上野去了浅草。

坐上山手线抵达东京站。我本想去京都，忽然想到自己还有东西寄存在以前住过的浅草的小旅馆里。虽说只是些衣服，没有什么值钱的东西，但还是决定去取一下。

我朝位于浅草六区的旅馆走去，它就在场外马券销售处的后面。

不愧是东京，与宇都宫大不一样。虽说已过了一点，安静了不少，但人的数量还是大有差别。巷子的一个角落里，三个貌似流浪汉的男人围坐成一团，喝着面前的杯装酒。街上有很多这样无所事事的人聚集在一起，可见这个城市的胸怀有多宽广。

我正要从传宝院的巷子往千束方向右拐，看到"法国座"①边上一个男人正摇晃着身子溜达过来。

我刚准备拐过大胜馆，脚步停了下来。

那个溜达的人正在对面晃着脑袋浏览剧场的演出海报，我好像在哪里见过他。

"啊！"我不由自主地叫出声来。

那人还在忽左忽右地转着脑袋看剧场的海报，一会儿又看了看小摊上卖的东西。我瞪大眼睛望着这个手提纸袋的人。

居然还有这样的巧合。

对方的视线转到了我站着的大胜馆一边。

这种不期而遇是怎么回事？

原因已经不重要了，我仍然注视着那个人。对方的视线朝我站的方向转过来时，我笑着向他挥了挥手。

老师会是怎样的表情呢？

老师发现我在向他挥手时，向别处张望了一下，随后睁大眼睛……他像看到幽灵似的看着我，紧接着一脸若有所思的样子，慢

---

①全称为"浅草法国座演艺场东洋馆"。

慢咧嘴笑了。

竟然有这种事。

我笑着穿过街道，向笑得有点害羞的老师鞠了一躬。

"您在忙工作吗？"

"不是……三郎君，你呢？"

"我刚从宇都宫回来。"

"竞轮？"

"不是，昨天去了I先生的演唱会。"

"啊，我忘了。是昨天啊。"

"您说的是东京公演吧。我去的是宇都宫。"

"是这样啊。一块儿去多好，我也有空。"

老师一脸遗憾的表情。

"'阳之字'还好吗？"

老师只用I先生后面的名字，称呼他"阳之字"。

"不错。我说了旅行的事，他说下次也想和您一起去。"

"哦……"老师一说到K前辈和I先生，脸上便笑成一朵花。

"你来浅草有事吗？"

"我在前面的那家旅馆寄存着行李，来取一趟。老师呢？"

"我是随便走走……"

老师浑身是汗，于是我们进了边上的咖啡馆。

"真有这么巧的事……"老师喝了口咖啡，说。

"真的有啊。我差一点从上野站去东京站，然后回京都了。"

"我也是想从神乐坂回成城，到了车站后，浅草方向的电车先来了，就坐了上去。"

两人说着说着，忽然感觉怪怪的。

我望着老师一脸开心的样子，内心也变得很愉快。

"好像被什么东西驱使着一样。这种时候要是 K 先生在，一定会说这是上帝的安排，马上就把人召集起来打麻将。"

"哈哈哈，说不定 K 前辈会突然出现在这里。"

"哈哈哈，真要是那样，就是最不可思议的事了。"

此时，咖啡馆的门开了。

我和老师同时看了一下进门客人的脸，对视着苦笑起来。

老师环视了一下店内。他看了看屋顶和墙壁，自言自语地说，我来过这儿，然后拿起放在桌边的城市信息杂志开始翻看。

没错，浅草是老师少年时代生活过的、留下了很多回忆的地方。我寻思老师一个人走在六区的街上，应该和他的工作有关吧。

"老师，您是要去什么地方吗？"

"为什么这样问？三郎君你不是说要去取东西吗？"

"我不着急，您不用担心。您如果有事的话请告诉我。"

"我没事啊。"

"那就好。"

老师又开始看那本城市信息杂志。我注意到老师有些心不在焉。

去了一趟洗手间，回到座位上，老师已经睡着了。

他靠在椅子上，大肚子向上突起，两手耷拉着。城市信息杂志掉到了脚边。

看着他额头上渗出的汗珠，我明白了，这种睡眠是突发性睡眠症引起的。

老师太累了。我只能这样让老师睡下去。

由于我们的位子离门口太近，进出的客人就像发现了什么怪人似的，用奇特的眼光看老师，还有人笑出声来。

真没礼貌。我怒视着那些人。

老师看上去很痛苦。东京这个地方一定让他很压抑。

我想起在松山岛上的一整天,老师的表情始终十分放松。

"哟,这不是井路吗?好久不见啦。怎么在这儿?在这种地方悠闲着哪。"

这人的声音大得咖啡馆里的人都能听见。

他身着偏紫的彩虹色夹克、黑衬衣,白裤子加上白色漆皮鞋。现如今很少见到打扮得如此招摇的男人。

这个人脸上长着一对滴溜溜的圆眼,显得很可爱。

"井路,是我呀。井路,干吗装睡啊,是我呀。"

他抓住老师的肩膀。我赶紧站起来,拨开他的手。

"对、对不起,老师睡着了……"

男人回头看我。他脸色忽然一变,眯起眼睛,威吓般怒视着我。

"你是谁?用你的脏手碰我……"

"啊,对不起。老师现在不是睡着了吗?"

"你还看不明白?我是他老朋友,没你说话的份儿。你们说,是不?"

看来还有同伙在。当然是啊,边上响起了其他男人的声音。我扫了一眼。咖啡馆里好像有几个貌似坏人的家伙。

"喂,你知道这人是谁吗?赌神,麻将场上的赌神。过去上过晚间十一点的电视节目哦,他就是'坊野哲'哦。"

随着脚步声响起,从里面走过来两个男人。

"哦,他就是坊野哲啊。我看过他的电影。"

身材和脸都长得像铁板一样的男人凑过脸来看老师。我拍了几下男人的肩。

"不好意思,老师正在睡觉。"

男人撂开我的手。

"干吗?浑蛋。这么亲热地摸我肩膀。"

"不好意思,老师……"

"你说老师咋了?拍什么马屁。你这浑蛋。要打架吗?出去吧。"

"如果是我惹你生气的话,请原谅。"

"生气?简直让人光火。"

他一把抓住我的胸口。

妈的,这浑蛋哪里来的?另一个矮个子男人怒视着我。

"井路,干吗还在睡啊?"

彩虹上衣男摇着老师的身体。

"喂,你给我放手。"

我推开跟前的男人,一把抓住摇晃老师那人的两只手腕。被推到一边的男人从身后一把抓住我的上衣。

请放手,不要在店里打架!女店员尖叫起来。

"行啊,去外头。"

我捏住从背后抓住我上衣的男人的手腕。虽然不比过去,但拨开那只手的力气还是有的。

我瞪着眼把三个男人挨个看了一遍,尽量显得很平静地说:"好啊,去外头吧?"

"怎么了,三郎君?"是老师的声音。

"啊哦,井路,是我啊,记得的吧?"

老师稍微想了一下,露出了笑容。

"是阿德吗?"

"没错。阿德。开心死了,还记得我。"

"当然记得。你怎么样?"

"哈哈哈,没听说吗?就这样儿。"

老师看了一下站在一边的我。

"三郎君,怎么回事?"

"……"

我没法回答,所以沉默着。

"没啥事,井路,什么事都没有。是吧?大伙儿说说。"

彩虹上衣男笑着注视另外两人。

"不能放过他。"

长得像铁板一样的男人两眼瞪着我。

"他是井路的朋友,在这儿放过他吧。"

"不行。"

"听话。"

彩虹上衣男说着从裤袋里掏出钱来,塞到那人的口袋里。

男人一脚踢开老师身边的椅子,走了进去。

彩虹上衣男在老师身边坐下,笑嘻嘻地握住老师的手。

喂,阿德。里面传来男人的叫声。

"井路,不好意思,那些家伙是我朋友。"

阿德匆匆忙忙地向里面走去。老师朝里瞥了一眼,然后看着我问:"发生什么事了?"

"没有,没发生什么事。"

"我们走吧。"

"好啊。"

我站起来,走到收银台前,老师拦住了我。

"拿到稿费了，今天我是有钱人。我们要不去吃泥鳅？"

出了店门，走了一会儿，身后有人喊老师的名字。是刚才的男人。

"井路，好久不见了，再说会儿话呀。"

老师看了我一眼。我点了下头。

阿德给人一种扬扬自得的感觉。

"老师，手气怎么样啊？最近老不见你上电视，害得我看电视老没劲，都是些无聊的艺人。最近 TBS 也邀请我了，我没那兴趣，拒绝了。他们让我讲讲怎么增加外快。我告诉他们，我不会去电视上讲那些挣外快的事。你说是不，老师？"

他自顾自说着，完全不在意老师有没有回应，只是观察着周围顾客的反应。

周围的顾客和店员一听阿德说到上电视、挣外快的事，便将视线都聚集到了他身上。

他不但嗓门很大，而且一身装扮十分引人注目——偏紫的彩虹色夹克、白裤子和同色的鞋子。

"还有，太郎那家伙，就是×××家的太郎，那家伙也想出名想疯了。老师，还记得吧？散场后，大家去了吉原吧。那浑蛋光会干女人，一整夜一整夜地不停干。是不，那时真有意思啊。在浅草我们多风光。还有那家伙，说什么来着？那个，×××十三郎……"

说到大家都知道的著名演员的名字时，阿德说得特别响亮。每到这时，顾客的目光都会集中到他身上。

不知老师是否知道这男人喜欢炫耀，只是面带微笑听他说话。

如果老师很高兴的话倒也无所谓，但看上去他已经打扰到老师了。

"还有，那家伙，和老师打麻将的那个家伙，叫什么来着？最近老上电视的那个，想想，那什么家伙……"

听着阿德的话，老师歪了一下头，做出一起在回忆的样子。

看着老师，我忽然觉得他听得也挺有兴致的。我又留意了一下老师的表情，果然挺高兴。这样的话，我只能耐着性子听那男人继续说下去。

我边听边仔细观察阿德，发现他的两鬓已经有白头发了。岁数不小了……

因为他的一身打扮，让人觉得他一定比老师小。其实弄不好和老师同龄，没准比老师年纪更大。眼角的这些皱纹，看上去要比老师显得年长。他的眼睛还化过妆，虽说不是很浓。

这个男人究竟是干什么的？

阿德说了一阵，要去洗手间。

"现在除了小便，这东西已经派不上用场了。哪像过去，太好使了。"

他像是自言自语，又像在说给别人听，随即消失了。顾客们一个个抿着嘴在笑。

"是老朋友吗？"我问。

老师似乎在回忆什么似的，点了两三下头，说道："过去从浅草的戏棚子里出来的人。"

"是明星吗？"

"也不是，小配角而已。我想了半天都想不起来。跌打滚爬，连唱的歌、说过的台词都忘了。倒是阿德这个名字马上就想起来了……"

"再怎么说，打扮得也太花里胡哨了。"

我笑着说，老师目不转睛地注视着我。

"是吗……没什么，艺人都是这样精心打扮的。"

老师一脸认真的表情。我不是故意贬低阿德，但感觉自己被老师责怪了。

阿德的声音再度响起。

"去一趟洗手间就变得寂寞了，一切都完蛋啦……"

店里的顾客都笑了起来。阿德正要坐回座位时，老师开口了。

"阿德，我想起来了。是《月光小夜曲》吧。主角是××××× 和××××，他们的二重唱很流行。阿德你是在第二幕时从舞台的一侧登台的。"

听老师这么一说，阿德的表情一下子变了。他整张脸都在放光，眼睛湿润了，嘴唇在微微颤抖。他呆呆地站在椅子边上，并不坐下，双目凝视着老师。

"啊哈，你想起来啦。是的啊。《月光小夜曲》。我太高兴了。第二幕一开始，我就从舞台一侧出来了啊。出来了，出来了啊。"

阿德的情绪十分亢奋。

"跌打滚爬……在等你，阿德。"

老师也提高了一点嗓门说道。

就在这一瞬间，阿德一个筋斗，又就地翻了回来。店堂里一声巨响。有女顾客尖叫起来。

我一时没明白发生了什么，向阿德钻入的桌子底下看去。阿德仿佛从水里浮出来一般，从桌下探出脑袋。

老师鼓起掌来。

阿德没有理会别人的反应，宛如水中有人拖后腿似的倒在地上，接着又重复一遍钻进桌底又探出脑袋的动作，最后终于坐到座位上。

老师又鼓起掌来。

"呀，太难为情了……动作不像过去那么干净利落了。"

老师摇了摇头，表情在说，才不是呢。

"不、不要紧吧?"

女店员一脸担心地看着阿德。女孩有一双淳朴的眼睛,浑身上下还透着从老家带来的乡土气。

"这位大哥,您没有伤着吧?"

听女孩这么一说,阿德赶紧歪着脸,摸了摸右颊,露出这个地方很疼的表情。女孩把手伸到阿德跟前。阿德一把抓住她的手,嘴上叫着"疼死啦",扭曲的脸瞬间变成了笑脸。女孩吓了一跳,将被握住的手抽了回来。

哈哈哈哈,谢谢了,小姑娘,你心肠真好,你是哪里人?津轻的?阿德像唱歌似的问。女孩一脸不明就里的表情,两眼睁得滚圆。阿德和老师又笑了。

女孩看了我一眼。我扬了扬下巴,让她回到里面去。阿德瞥了我一眼,目光很冷淡。

"行啦行啦,我好不容易来一次。来这儿坐一会儿。这里从老板到店长我都认识。不用害怕,来这儿坐。"

女孩有点不知所措。里面有个男人在喊她,她应了一声进去了。阿德的视线紧随着女孩的背影,目光中露出了不快。

"那个女孩不错。"

阿德将身子探到老师跟前,轻声说。老师只是眨巴着眼睛。

狗嘴里吐不出象牙,我寻思,觉得在这里待不住了。

"那我就告辞了……"我站起来,老师吃了一惊。

"啊,我也走了。"他赶紧拿起东西。

我坐在屋子的一角。

几个人盘腿坐在屋子中央。其中一个就是白天见到的大个子。

几个小时前，叫阿德的退休艺人带我们来到这里。老师一走进门，大个子就恭恭敬敬地叫了声"老师"，鞠了一躬。随后，他看到了我，脸上露出讨好的笑容。那一刻我便明白了，这里是那些家伙把持的赌场。他们把我们带到了不妙的地方。除了大个子，还有另外一个男人，看上去像当地的混混，大个子转眼不见了踪影。

从隔壁房间传来发牌员低声说话的声音和打牌人的叹气声。小六，你把牌拿下去。怎么样，前田你又出臭牌。快拿牌啊。糟糕。在亢奋的叫声之后，便传来特有的叹气声。

白天，我和老师被阿德闹得疲惫不堪，在浅草一直待到傍晚。

离开鳗鱼店后，老师提议去银座喝一杯，我立刻点了点头。和阿德分手时，他对老师耳语了几句。

老师用犹豫的眼神看着我。阿德跑去公用电话亭打电话。

"您有事吗？"

"他说要不要一起去玩会儿……"

"麻将吗？"

"不是，手本引。三郎君玩这个吗？"

"不玩，我从来没玩过。我有朋友是当发牌员的。"

"我想起来了，你在关西。要不要看一下？"

"不了，我就免了吧。"

"哦……"老师愣了一下，"那我也免了，我们去银座。"

阿德跑着，小步折了回来。他脸上挂着笑容。

"阿德，今天就……"

老师刚一开口就被阿德打断了。

"今天运气好，老师，有牌局。很少有这么巧的事情，不愧是赌神来了。那位兄弟也玩吧？"

我毫不客气地摇了摇头。

"别呀，你必须带着老师，是不？老师。你们是朋友呀。"

此前老师向阿德介绍我时，说三郎君是朋友，阿德一脸很感动的样子，说有朋友真好啊。

"就去看会儿怎么样？一个小时。"

听老师这么说，我只好点了点头。如果就这样扔下老师不管，说不定又会发生在松山那样被女店主的情夫带到哪里去的事情。那一次也是玩手本引，让我等了两个小时。

阿德去打了好几次电话。只有我们两人的时候，老师问，三郎君，你没关系吗？我笑着回答没关系。老师也冲我笑起来。

"我现在是浪得虚名啊。"老师苦笑着说。

我们离开第三家咖啡馆后又被带到了一家小酒馆。途中路过传保院的巷子，已经有人开始搭建露天的摊位了。

老师在一家卖明星照片的摊位前停下来，凝神观望。

"您喜欢吗？"

"是啊。过去我有很多，自己买的。"

老师眼睛放光。他拿起一张相扑比赛的照片，翻过来看价格。

"这张真不错。啊，果然很贵。"

"当然，那是战前的，很值钱呢。"摊位老板娘说。

"三郎君，这位相扑的家里是做面饼的。很好玩的一个人，一直升到小结①。"

"您很了解嘛。"老板娘说。

"我要了。"老师从口袋里掏出一张一千元的纸币。

---

① 相扑运动员的等级，排在横纲、大关、关胁之后。

"我要那张。"我指着另一张。

"是松登吧。他也是不错的相扑运动员。"老师说,随后要老板娘放在一起结账。

"你喜欢松登?"

"也不是。小时候他来过我老家巡演。"

"他是大山部屋①的人吧。大家叫他'万步的阿松',动作很灵巧。三郎君,松登是松户赛车场的所在地松户那里的人。我现在才知道你喜欢相扑啊……"

老师稍微有点兴奋。

"这位先生知道得真不少,过去练过相扑?"

老板娘看着老师的肚子说道,我和老师会心地笑了。

我笑着,寻思着还不如直接去银座好。

在小酒馆里等了好一会儿,终于坐上了来接我们和阿德的车,把我们带到了小岩。

把我们拉到这么荒僻的地方,坐在副驾驶座上的阿德埋怨道。年轻司机说了声对不起,轻轻低了一下头表示歉意。

是小岩吧,老师说着向窗外眺望。是新小岩,司机说。浑蛋,老师问你是不是小岩,阿德怒道。对不起,是小岩,司机又低下了头。

这一带有很多在河里捕鱼的渔民,老师轻声嘟哝。不愧是老师,就是懂得多。浑蛋,你知道后面坐的是谁吗?阿德说。对不起,司机低下了头。老师漫无目的地望着窗外向后移动的风景……

我一直无所事事地坐在房间的一角。

---

①部屋,相扑运动员所属的门派。

年轻人问我肚子饿了没有。这里只有杯装方便面,他说。

我摇了摇头。阿德回来了,刚才老师一进场他就离开了。即便在昏暗的灯光下,还是能看出阿德的脸涨得通红。这么晚了他还把我们带到这样偏僻的地方,他一定以为老师赢了钱也能分他一点。这么明显的意图,老师竟然还是跟来了,老师好赌的程度和某个时期的我一样。

看来只要能赌,老师到哪里都行。

这既让我觉得老师很有气度,又有些难过。

阿德开始在坐垫上玩牌。

小哥、小哥,阿德叫我。我看了他一眼,他把牌递到我跟前:要不玩会儿?

我没有应声。

站一边去,大哥来了,高个子男人说。不一会儿进来两个男人。围在一起的几个人站起来,对一个身材矮小的男人行礼。小个子男人随即进了隔壁房间,过了一会儿又回来,看了我一眼,对边上的人说了几句话。

边上的人走近我说,我去拿点喝的来吧,要不帮你买点啤酒?我说不用了。他和小个子男人一起出去了。其他人也离开房间,大概去送小个子了。

房间里又回归宁静。能听到隔壁房间传来的打牌声。我开始犯困,身子靠在背后的柱子上。

我闭上眼睛,眼前出现了湖沼的景色。

我站在水边,望着波澜不惊的水面。通过气味,我知道那不是海。内陆的沼泽边有一种湿润的热风,夹杂着腐烂植物的气味。

我为什么站在这种地方?正这样寻思,我依稀看见前方很远处好像鱼跃似的，溅起了飞沫。

那是什么？凝神望去，我发现那并不是鱼跃溅起的飞沫，而是什么东西正破浪迎面而来。

什么东西？我马上回过神来，那是一驾带篷马车。不知不觉它已经近在眼前。我撒腿跑了起来，带篷马车在身后追我。马夫的声音在空中回响。我拼命跑，马车在身后追。终于感到身后的马车消失了，我上气不接下气，肩膀上下起伏着，望着水面。突然，潮水猛地上涨，马车露出水面。

啊！在大叫起来的瞬间，我睁开了眼睛。

我浑身是汗。房间里没有其他人。阿德和高个子男人立刻出现了。

我擦了擦额头上的汗珠。内衣湿了，不知道那究竟是汗，还是我在水边沾湿了衣服。

阿德看着我笑了。我见到他的笑脸，又看了一下自己身上的衣服。可能是刚才过于惊慌，衣服扭成一团。

阿德去了隔壁房间。我站起来，问了一下洗手间的位置，走进走廊。从车上下来进入这栋楼时我也想过，这是一栋极其普通的用来出售的住宅，大概也只有这样的场所，才能进行违法的赌博活动吧。

我站在镜子前看了一下自己，汗水渗到了头发里面，看来真是吓得不轻。

不可思议的是，就在那些人出门去送同伙又折回的短暂时间里，我竟然做了这么一个恐怖的梦。

我一出洗手间，就遇到了老师。

"怎么样？"我问道。

老师一脸抱歉的表情。

"好好坏坏。不过，现在手气有点好转了。怎么样，我给你赌资，玩一会儿吧？现在气氛也不错。"

"不了，我有点累，还是想休息一下。"

"哦。刚才我和阿德说了，你肯定肚子饿了。他说新小岩车站前有家不错的寿司店，你去喝一杯吧。我交代过阿德了。"

"您不用管我，我没问题。"

"嗯。不过，你要去了的话，我会玩得安心点……"

"明白了。"

我明白了，老师还要玩一会儿。

回到房间，阿德来叫我去喝一杯。我和阿德走出了房子。

我们坐在车上，在抵达闹市区前，阿德一直很安静。我透过后视镜发现，开车的不是那个从浅草拉我们来的司机，而是个目光很犀利的年轻人。

阿德之所以没有很放肆，好像和这个年轻人有关。干他们这一行的人，特别擅长分辨强者和弱者。如果不掌握这种技能，他们无法生存下去。

寿司店在车站前的一栋楼背后。年轻人把车停在那里等我们。店里没有客人，老板一个人在吧台里。我们在吧台前坐下，阿德要了啤酒，又随意看了一下眼前的东西点了菜。

阿德让老板热一下酒。我说我喝啤酒就够了，随即要了一份寿司。

"你和老师认识很久了？"

"不，算不上……"

"了不起哦，老师……档次不一样。"

阿德说着，自己点了点头。

"今晚有的客人还是特意赶过来的，都是些高人啊，一个个牌技了得。大阪的客人到底玩得熟练。小哥不玩一把？"

"我不玩。"

阿德笑了。之后他一直沉默不语，像往喉咙里灌酒似的，不一会儿喝空了三壶。这位大哥酒量真好，店老板说。别废话，阿德瞪了店老板一眼。

在外面等你，我说着准备站起来。别对我这么冷酷，你叫什么名字来着？阿德说着笑起来。

三郎。三郎，好名字，白天的事多包涵，三郎你也喜欢老师吧？我太喜欢老师了，简直太爱了。我们说点老师的事儿，阿德说。我又重新坐下来。

我知道老师写很难懂的书，是吧？我点了下头。即使那样，老师还来和我们这种人玩，所以说了不起。他对艺人也很好。老师自己已经金盆洗手了，所以新生了。太好了。真的太好了。你和老师打过麻将吗？打过，有几次。阿德忽然伸出右手，眼睛瞪得滚圆，做出抓起一张麻将牌的手势。他就是这样的眼神，这样抓麻将牌的不是？很威风啊。他的样子和老师一模一样。我笑了。后面又是这样的不是？阿德缩起脖子，身子向后退去，模仿老师睡眼朦胧的样子。哈哈哈，我又笑了。阿德凑近我。那个，那个病百分百是骗人的，你知道吗？他低声说道。我故意装得大吃一惊。老师亲口告诉我的，那是环境对自己不利时使出的绝招。老师说七嘴八舌说话的人一多，自己默默地听着就行了。不过，那确实挺妙的，很可爱。你见过老师睡着的样子没？我点了点头。

那你一定也清楚那个绝招。不过这是咱哥俩的秘密，绝不能告诉别人。今天多亏你陪老师来，作为还礼，我再告诉你一件事，阿德说。

还有啊……

阿德一定不知道突发性睡眠症这种病。即使知道,只要流言一传开,也就成真的了。

阿德将脸凑到我跟前低声说。老师是这种人。他把右掌贴到脸上,做出女人的媚态。我眼睛睁得滚圆,随后露出了吃惊的表情。

你不知道吗? 是真的哦。我摇摇头。你说得也太……我笑了起来。你不信? 我点了点头。我真的以为你就是老师那个对象呢。请不要瞎开玩笑。哈哈哈,我开玩笑的。这是玩笑话,不过,老师那事是真的,我认识和老师交往过的家伙。我有点生气了,你不要对我乱说这些,有些事可以说有些事不能乱说。我怒瞪了他一眼。阿德的语气变得温柔起来。太年轻了,小哥,你不懂男人啊。也许是我不懂,但老师不是那种人,还有,你刚才说老师突然瞌睡的事情,那是突发性睡眠症,是一种病,也不是只在赌桌上才犯,我亲眼见过,出现那种症状时,老师并没有痛苦不堪。是吗,兄弟你要这么想也行,阿德一脸鄙视地笑道。我一下子火气冲上脑门。我是这个意思吗? 我让你别乱说这样的事情。嘿嘿,发火啦? 哈哈哈,开玩笑的哦,it's my joke,阿德两手一摊,做出一脸很夸张的无可奈何的样子。结账,我对店老板说。今天是我请你,别装那么清高,阿德口齿不清地说。走出店门,年轻人靠在引擎盖上抽烟。他见到我便问,一起来的人呢? 还在喝酒,可恶的家伙,我骂道。年轻人咧嘴笑了。不知道牌局要几点才能结束? 差不多三点吧,大多是先抽签决定庄家,剩下的人再按顺序轮流坐庄。一定很好玩吧,那种玩法……应该是吧……

我抬头仰望天空,新月犹如将泛着红光的星星抱在自己怀里。

我觉得在松山一个人夜里徘徊的时候,好像也见过这样的月色。

为什么老师会和这样的人交往?

这个我并不了解的人,一定有很吸引人的地方吧。

"我们直接回成城的家吗?"
两人上了出租车后,我问老师。
我在小岩那栋楼的房间里睡着了。醒来时,发现自己身上盖着毛毯,房间的另一头睡着老师。我一起身,老师也醒了。走出房间,外面已是阳光明媚的大白天。
"我还想去一个地方。"
"您的身体吃得消吗?差不多一个通宵了吧。"
"睡了一会儿,没问题。"老师望着车窗外。
过了浅草。
"司机,麻烦你,我们要去上野。"
"好。去上野什么地方?"
"先去广小路吧,在阿美横丁街边上。"
"明白了。"
"啊,我想起来了,这个还你。"
老师从上衣口袋里掏出叠在一起的一沓一万元纸币,钱从手中漏了出来,他又从另一个口袋里掏出一沓钱。
他一手摁住放在肚子上的钱,一手将抓着的那一沓钱递给我。
"这是什么?"
"你忘啦,在松山借你的。"
"我们不是已经一起赢回来了吗?"
"是吗?不不,你搞错了。那时的本金没有还你。"
"已经还了。"
"不可能。总之请你收下。最后好好赢了一把。他们还问我借钱了。"

老师笑着掏出一张貌似借条的纸条。没用的家伙，他笑着，随意捏成一团塞进衣服口袋。

"您赢了不少。"

"之前输得好惨。就算你这个债主的车马费吧，请收下。"

"明白了。那我就不客气了。"我拿起一叠钱。

"不行，你把这些都拿走。"

"那不行。"

"你看这样行不。我们把它们分成两份，用划拳的方式来决定，谁胜了谁先挑。"

"和您划拳，我非输不可。"

"两位客人，马上到阿美横丁街了。"出租车司机说。

我们赶紧将钱装进口袋。

"我们先填饱肚子。三郎君也饿了吧。对了……"

老师猛地打了两个响指，啪啪，发出两下很清脆的声音。

我第一次见到老师这样。

"司机，把我们拉到谷中吧。三郎君，最近我老想去吃那个店里的烤鳗鱼饭。"

"老师……"

"什么？"

"昨天才吃过烤鳗鱼饭。"

"是真的吗？"

"那还是去吧。"

"嗯，来个烤鳗品尝会。"

司机笑了起来。

谷中的烤鳗鱼饭十分鲜美。

老师一出店门就拦下一辆出租车,告诉司机去阿美横丁街。

一下车,老师便自顾自地跑在前头,步子很轻快。

他在一家西式服装店门口停下来,随即快步跑进去。

店里挂满了衣服,既有小混混穿的背上绣着龙虎图案的夹克、敢死队的队服,也有大叔大婶们穿的外套。

老师在挂着男士服装的一角寻找夹克衫。我在离得稍远一点的地方注视着他。

太意外了。我从老师的体形判断,一直以为他的衣服是定做的,甚至毫无根据地想象过一定是老师的太太替他定的款式。

老师似乎找到了想要的,让店员取下衣服。

老师回过头来。我走到他身边。

"这件怎么样?"

这是一件紫色夹克衫,暗镶着彩虹条,看上去和昨天阿德穿的那件几乎一样。

"太暗了吧?"老师认真地问我。

"不,不算暗。"

"嗯。"老师噘着嘴想了一会儿。

"有没有千鸟格底纹的夹克?"老师问店员。

店员拿着两件千鸟格底纹的夹克衫回来了。一件是小格底纹,一件格子相当大。老师的手很自然地伸向大格子夹克。

"没有底纹再大一点的吗?"

"这件是最大的。再大的话就看不出格子底纹了啊。"

听了这话,老师有点不高兴地看着店员。

"三郎君,你觉得这件夹克怎么样?"

"和前面那件比,我还是比较喜欢这件。"

"我也是。那就选这件吧……是不是太花哨了？"

"哪里。穿在老师身上一定很漂亮。"

老师咧嘴笑了，一脸天真可爱的表情。

老师把要改的袖长和纽扣的位置一五一十地交代给店员。亲眼目睹老师在穿着方面如此讲究，我内心有些感慨。

我们走出服装店，决定在夹克衫改好前去烤肉店喝一杯。

开始喝酒了，看老师的样子，好像还在惦记刚才那件夹克衫。

回到店里，店员告诉我们改服装的店很忙，还要等一个多小时才能取到衣服。

"行啦，下次路过这里再来取吧……"老师有些遗憾地说道。从他的表情可以看出，他挺喜欢那件夹克衫。

"等一下吧，一个小时很快的。"

"说得是，一个小时很快的。"

听我一说，老师的语气也变得兴奋起来。他环视了一下四周，看着我说："我们去上野公园转转吧。"

"太好了。"

上野公园的名字没少听说，但我从没进去过。

过了公园前的红绿灯，走上通往公园的台阶，有些做生意的人摆好了画架给人画肖像。

老师在台阶中部画肖像的摊位前停下观摩。样本上画的几乎都是电影明星和歌星，也有几张孩子天真烂漫的脸。

老师目不转睛地看着肖像画。

"您喜欢吗？"画像的人问老师。那是一张法国影星让·迦本的肖像画。

"这是迦本演《雾码头》那时候的写真吧。"

"嗯,看来您对电影很了解啊。说得没错。我过去还为电影院画过海报。"

"在什么地方?"

"就在附近。"

"××馆?"

"啊,那里也画过。"

"那家电影院不大,馆主老是女扮男装吧。"

"哦哦,您很熟悉啊。那个馆主已经过世了。"

"……呵,这个迦本画得真不错。"

"稍微改了一下。"

"看得出来。但这也不错。画得太像照片算不上艺术。不能和照片一模一样。"

"您太懂行了。想要的话便宜点给您。"

老师没有回答,看上去有些犹豫。

肖像画的摊主忽然说道:"您长得很像迦本,没人说过吗?"

一听这话,老师吃了一惊,露出了窘态。

"呵呵,太像了。你也觉得吧。有人说过吧?"

摊主望着我,一脸媚笑。

"没那回事。"

老师非常不高兴,一脸怒气地飞快往上走去。

摊主对着我眨巴一只眼,一脸无可奈何。我赶紧去追老师。

老师边走嘴上边嘀咕。我走到他身边,和他并排前行。

"我非常讨厌那种胡说八道的家伙,无法原谅。"

老师走得那么快,一定非常生气。

"三郎君,你也觉得吧,那种挖苦人的话不可原谅。"

"是,是的。"

我一直以为老师对那些摆摊的男女完全是无条件地喜欢,现在他生这么大的气,出乎我的意料。

"当面挖苦我。我好像被他鄙视了,气死我了。"

"啊……"

我还没弄明白老师为什么发这么大的火。

前面有几个小吃摊。

"要不吃点东西?有墨鱼。这一带过去就有卖姜丝墨鱼的,很好吃。"

我们在谷中吃完烤鳗饭没多久,刚才又把一盘烤肉和泡菜炒饭消灭得干干净净。

老师在摊位前停了下来,指着铁板说要两份。

"多给点姜丝吧。"

女摊主嘴上答应着,从脚边抓起两块墨鱼放到铁板上。酱油和生姜的味道扑鼻而来,我刚说了句看上去挺不错的,老师便自嘲道,我变吃货了。

原来老师脑子清醒着呢。我稍稍放下心来。

两人并排在长椅上坐下,开始吃墨鱼。

"嗯,不错的墨鱼。看来姜丝不能少。"

"是啊。"

一转眼墨鱼下肚,老师指着自己的肚子笑着说,它们在哪里呢?

看来老师的心情变好了,我终于安下心来。

两人各点了一支烟,老师低声说道:

"我对自己的长相很自卑,特别是后脑勺。小时候经常被人挖苦。"

没什么可自卑的呀。我刚想这么说,老师继续说:

"我完全不像父母。问过父母,我是领养的吗……"

说到这儿,老师陷入了沉默。

我想起某次在书店看到老师年轻时的照片,我想对老师说,您完全不必自卑,K前辈的夫人也说过,您的长相很迷人。

我忽然醒悟过来,明白了老师发那么大火的理由。

用眼角瞥了一下老师的侧脸,他看上去似乎很忧郁。我不知道该说些什么,坐到边上的另一张长椅上。

抬头看天空,一朵朵浮云在缓缓地移动。

我闭上眼睛。正是中午休息时间,四处传来人们的说话声和笑声。还有鸟叫声,以及孩子的笑声,夹杂着孩子从跟前跑过的脚步声。三个、四个,他们飞快地跑过去了。闭上眼睛,传入耳朵里的声音会奇妙地变成清晰的画面浮现出来。

一幅很悠闲的画面。老师在其中一个人低着头,视线聚焦在一点上,沉思着。

我听到了球弹起来的声音。

咚——咚——咚——咚……声音渐渐消失了。

大叔……大叔、大叔,我听到不远处有个孩子的叫声。

大叔……大叔。

我以为在叫我,睁开眼睛,朝前望去。

眼前站着一个少年。

少年并没有看我,顺着他的视线望过去,老师还坐在长椅上,和之前的姿势一样,低头沉思。

嗯?老师睡着了吗?

大叔,少年又叫了一声。

怎么啦,孩子?我看了一下少年,少年也注意到了我,举起右手指了指什么东西。顺着他指的方向望去，老师的脚边有一只橙色的球。我笑着用眼神示意他自己去捡起来。少年皱着眉头，一副愁眉苦脸的样子。

他看上去有些怕老师。我站起来，正要替少年捡球，老师手脚麻利地把球捡起来。他的动作犹如将一只手伸向麻将牌又迅速收回那样，一气呵成。看着老师轻快流畅的动作，我不禁钦佩。老师一动不动地凝视着举到半空的球。

我冲少年笑了。

不是给你捡起来了吗？

少年的表情变得更加不快。

我看了一下老师，他还是一动不动，看上去既像在观察手中的球是橡皮做的还是其他材质做的，又像是睡着了。

"那是我的……还给我！"

少年大声嚷道。老师吓了一跳，抬头看着少年。

他如梦初醒般眨巴着两眼望着少年。那是他醒来后常有的表情。少年大概以为他是在冲自己发怒，快哭出来了。

老师赶紧把球递给少年。但递球的方式实在有些窘，他握球的手只是上下摆动。

眼看少年快要放声大哭了，老师站起来走到他跟前，将球交给他。少年胆怯地伸出手接过皮球。

老师将手伸进口袋里摆弄了一会，掏出一只发光的东西交给少年。少年笑了。老师笑着轻轻摸了一下少年的头，少年抬头注视了一会儿他的脸。

少年转身离开了。他的背影看上去既像是喜悦，又像是获得解放后十足的轻松。

老师目不转睛地望着少年的背影。我也看着少年。

原来老师喜欢孩子……

少年的身影消失后，老师重重地拍了下手，准备坐回长椅上。

他看着我，哈哈笑了。

他从上衣口袋里掏出香烟，又在口袋里找了一下，没有火。

我靠近老师，用打火机给他点上火，也给自己点上一支烟。两人并排坐在长椅上。

"三郎君没有孩子吗？"

"有两个。都给了前妻……"

"哦，是吗。经常见面吗？"

"不是。已经有十几年没见了。"

"哦。"

"老师您呢……"

"我没有。如果生一个长得和我一样的女孩子，她多可怜。"

"没有的事。老师的孩子一定很可爱。"

老师两只眼睛睁得滚圆，看着我。

"三郎君真是心地善良。"

"我不是说恭维话。"

"行啦行啦。"老师苦笑道。

一会儿，他又轻声说道："我和妻子血浓度都很高，担心孩子有问题。"

"啊……"我不明白老师说的是什么，但感觉他又叹了一口气，听上去很凄凉。

立 川

我开始做噩梦，拼命左右摇晃脑袋逃离梦境，然后醒了。

眼前就是屋顶。

微暗中，刚才梦中的片段又出现了。

男人和女人，一个个长着似人非人的奇怪脸庞。当我注视着那些脸的时候，他们犹如电影里的闪回画面那样一个接着一个地不断变幻。鹰钩鼻、狐狸眼、金鱼眼、樱桃小嘴、龇牙咧嘴的脸、大饼脸、尖嘴猴腮、雀斑脸、长满黑痣的脸……千奇百怪的脸瞬间切换着，切换的速度越来越快。到了最后，我无法一个个地辨认，只是在残留的印象中清楚地感觉到他们在嗤笑我。

做这个噩梦，严重的时候会出现耳鸣，胸闷，呼吸局促，喘粗气，喉咙发出呼呼的响声，最后在痛苦中醒来。醒来后汗流浃背，胸闷还会持续一段时间。如同哮喘病人在发作时喉咙发出呼呼的气喘声那样，我只能等着自己的气息平缓下来。

我想不起自己是从什么时候开始做这样的噩梦。

不再梦见那可怕的马车后，终于觉得可以安下心来了，却又出现了新的幻觉。

我打开头顶的灯。天花板在灯光的照射下,白色的顶棚仿佛浮在空中。

我看了一下表,躺下才十五分钟。

十五分钟竟然做了这么长的一个梦……

外面传来车轮声。好像是列车驶过了铁桥或者类似的地方。

我躺在火车的卧铺上。那次"博弈之旅"后,已经很长时间没有外出旅行了。

其实也不用坐夜里的火车,只要在有赛车场的城市里住一晚,第二天就没必要赶着出门了。可是我听说有一个著名选手要坐火车,觉得这是个难得的机会。

最后一天的赛程结束后,我让出租车停在选手的宿舍边上,等候他出现。当他独自出现后,我让司机尾随他乘坐的那辆车来到车站。

火车从福井站开出是傍晚时分,夜里很晚在米原换了车。就这样,不久前我才在卧铺上躺下,又被可恶的噩梦闹醒了。

我下床去了洗手间。方便完,洗手时发现镜子中的自己一脸憔悴。

这一个月来我都没有食欲,几乎整天都在赛车场的看台上度过。

我并没有一直在赌,相反一天只下一次注。只赌自己的目标选手,所以风险很小。如果所有赛次都下注的话,是坚持不了一个月的。

我本想回到卧铺上,看来也无法马上睡着,就在过道上拉出辅助椅坐了下来。

拉开窗帘,火车似乎在山里穿行。我出神地凝视着车窗前流动的夜色。

已有近三个月没见到老师了。夜色中的玻璃窗上映出老师的脸庞。

"三郎君,等天气转暖,我们俩去弥彦吧。我喜欢那个渔镇。"

"您想去弥彦吗?那太好了啊。"

"樱花盛开的季节是最棒的。没记错的话应该是五月份或者六月份。弥彦的樱花比津轻一带开得晚。"

"那就去弥彦。"

除夕的前一天,我和老师去了立川赛车场,返回途中说起去弥彦的事。

那天,我告诉了老师自己所经历的痛苦。

本以为告诉了老师一定能得到他的安慰,不想他的反应正相反,这完全出乎我的意料。

"那驾马车是怎么向你跑来的?"老师神情严肃地问。

"一开始是在沙漠上,也可以说是在净是碎石的荒野上,小得看上去就像一颗豆粒。那颗豆粒远得无法辨别是不是马车。"

"哦哦,然后呢?"老师认真地附和道。

"一会儿就能听见嘎吱嘎吱的车轮声,车轮声和马蹄声混在一起。原以为只有一驾马车,没想到竟有好几驾,我反应过来,撒腿就跑。但跑不动。"

"明白,明白。是突然出现的吧?"

"是,是的。"

老师说出"突然"一词,我立刻明白老师听懂了我的话,有点吃惊。

"被马车或者说是一群马车围住,无法脱身,我只能趴在那里听天由命。"

"听天由命之后呢?"

"时间的感觉变得很奇怪。"

"怎么说?"

"我一个人在那里正襟危坐,周围的人吃着、喝着、笑谈着,速度惊人地快。他们睡在被窝里，一会儿天亮了，他们起床、吃饭、走出家门，又马上回家了……"

"也就是说一天一眨眼的工夫就过去了。"

"就是这种感觉。"

"那段时间里你在干吗？"

"我正襟危坐，两眼盯着一个方向。"

"谁告诉你的？"

"小时候是母亲和家里的帮佣告诉我的。现在是妹妹告诉我的。"

"小时候就这样？"

"准确地说，从十岁那年春夏转换的季节开始出现这样的症状，母亲也带我去了精神科求医。"

"是吗……很痛苦吧。"

"以为自己痊愈了。可两年前妻子去世了，我每天借酒消愁，这种症状又出现了。其实过去也有几次危险的时候。"

"能想象得到……"

老师深有感触般地说。

"其实，我一直和三郎君有相似的幻觉。"

"真的吗？"

"嗯。和你有点不一样，我见到的是内燃机车。"

"内燃机车？"

"就是火车。"

"您见到了火车吗？"

"是的。一开始我一个人走在一处极其普通的地方，有住宅区什么的。忽然我隐约看到一条铁轨。"

"铁轨？"

"没错。铁轨很突兀地出现在住宅区的一角。见到铁轨的瞬间,第一个反应就是'糟糕',我向四处张望,这时火车也在很远的地方观察我的动静。我想,只要一犹豫,它就会立马开过来压死我。心里这么想着,我跑上了站台,寻思只要其他火车一来,就可以逃之夭夭。可是别的火车没有出现。"

"那怎么办?"

"我四处逃窜,但最终无路可逃。"

我重重地点了点头,想象着被火车追赶的老师的身影。

对那个引人发笑的滑稽场面,我却笑不出来。我明白如果老师所处的状态和我一样,那该有多么可怕,与紧紧相逼的异常时间对峙,恐怖程度已经远远超出了强迫症。

老师能够理解我的处境,没有什么比这更让我兴奋的了。

"心态!"老师忽然说了这么一个词。

"啊?您说什么?"

"心态。用我医生的话来说,这一定是精神分裂症。"

"是疾病吗?"

"也不能轻易下定论说这是疾病。你也好我也好,平常生活中不都有这种情况吗?所以,最重要的是别破坏自己的心态。"

"那怎么做才能控制呢?"

"以不变应万变。"

"哦,我也是这么做的。"

"没错,只能这么做。保持正常的心态。"

"心态?"

"人以正常的心态生活,就能正常地活着。"

我心中的某个部分失常了吗?

我想问,但害怕得问不出口。

"其实,我们这样谈论这种事,就很危险。"

我明白老师这话的意思。老师说得没错,回忆马车的行为,实际上就是幻觉的开始。

我和老师同时用力吐了口气。

我茫然地注视着窗外的夜色。耳边响起老师的声音。

"四处逃窜。"

老师想要拼命逃脱来历不明的火车的追赶。

很高兴老师能理解我的痛苦,但他无法使我摆脱那种强迫观念。

"心态!人以正常的心态生活,就能正常地活着。"

如果老师这句话是对的,那就意味着我心中的某个地方失常了。

我的内心失常了吗?

当时我想问,但害怕得问不出口。

我想起了老师睡着时的模样。

老师有时候睡得很安详,有时候额头冒汗,表情十分痛苦。这也许就是老师被什么东西追赶,变得走投无路的时候吧。如果我的想象没错,老师一直生活得很痛苦。

这样一想,眼前出现的净是老师痛苦的表情和身姿。

我使劲摇头。

结束如此悲观的想法吧……

我开始思考坐在同一列火车上的车手的事。

脑海里出现了那位车手正在俯视赛道的身影。第二天的半决赛上,他遭遇了新近崭露头角的年轻选手,被无情地甩出了车道。我见到了被担架抬到铁丝网围栏外的他。他一直闭着眼睛。我无法得知那张没有表情的脸说明了他的坚强还是什么。

第二天,我以为他会因伤缺席比赛,他却若无其事地骑着自行车出现在赛道上。浑蛋,昨天装什么装。反正是个输,一开始就别跑啦。快退休吧。这个老不死……铁丝网外的叫骂声响成一片。

那位选手毫不理会全场的叫骂声。比赛开始了,他又一次败下阵来。即便如此,他依然从容地离开场地。他和对手比赛时的模样俨然是一头发了疯的猛兽。这样的比赛节奏,他已经持续了将近三个月。听说他从去年秋天开始就以这样的风格进行比赛。

我亲眼目睹了他的比赛。

直觉告诉我,他好像失去了什么。

我不清楚他失去了什么。但他比赛的样子,看上去不是要夺回失去的东西,而是在寻找一种平衡。

不久他也许就会受到致命的伤害告别赛场。我不知道他是不是在盼着这一天,但结局却是可以预见的。这列火车抵达九州后,他大概就会走下火车,踏上回老家的路。但我觉得那里已经没有一个亲人了。

列车的速度降下来。铁路线在倾斜的大地上延伸。我看着窗外。

此时,我在夜色中依稀看到了灯光。

那里会有什么?

那是一户住家的灯光。

我明白了,夜色里透着的乳白色是雾气。即便被山中的雾气包围着,那户人家的灯光还是显露出来。我似乎感到窗户上映出人影,眼前甚至浮现出一家人团圆的情景。我将视线从透着灯光的人家收回。火车逐渐提速,在有坡度的线路上飞奔起来。

在卧铺上躺下后,我还是睡不着,便打开电灯,从背包里取出一本杂志。杂志上有老师的小说。读着小说,我被其中的一段文字吸引住了:

我什么地方出问题了,这个想法从那时起就有了。如果在茫然中感受到的世界是世界的原样,那么我就是非同寻常的。我不清楚别人是不是这样。别人是别人,我也不清楚他们是不是其他地方出了问题。

我合上杂志。
车轮的滚动声犹如某种动物的叫声,在我耳边轰鸣。

弥 彦

我们在长冈转车去弥彦。

眼前是一片耀眼的新绿。老师一心盼望的樱花季节结束了。

本该早点去接老师的。我为自己动作迟缓深感内疚。

不过,老师似乎压根儿不在意。他睡着了。

山谷间能看到梯田,田园格外美丽。

那些梯田快要灌水了吧……

这样一想,便有了想看一下被水灌满的梯田的冲动。

黄昏时分,走入山间,静候月亮升上天空,眺望"田每之月"[①],这该是多么美妙的事啊。我想去弥彦后告诉老师这个想法。

老师两手轻轻放在大肚子上,睡得很香。他穿的正是去年在上野的阿美横丁街买的千鸟格底纹夹克衫。

"三郎君,是不是太花哨了?"

我想起老师拿起这件大千鸟格底纹夹克衫时说的话。

那时看上去很大的千鸟格底纹,现在穿在老师身上显得非常合

[①] 月亮的影子倒映在一层层的梯田上,犹如每一层稻田里都有一个月亮。江户时代以来很多文学和美术作品都热衷于表现这一美景。

适。很可爱。

在上野站的站台上，老师一边寻找便当一边很开心地说：

"讨厌的工作暂告一个段落，这次可以堂而皇之地踏上'博弈之旅'了。"

"太合您心意了吧？"

"是啊，再好不过了。三郎君，下酒的小菜你想吃扇贝还是干贝？"

"就挑老师您喜欢的吧。"

"干贝看上去有些硬，还是扇贝吧。温泉鸡蛋要吗？"

"到弥彦后就能吃到温泉鸡蛋了。"

"说得不错。那就要普通的煮鸡蛋吧。"

"还有很多脆饼呢。"

我提起在上野地下商店买的脆饼的口袋给老师看。

"脆饼和鸡蛋不一样呀。"

火车终于缓缓驶进了弥彦车站。

老师掐准时间似的睁开眼睛，用常有的眼神扫一下周围，最后惊讶地看了我一眼，露出笑脸。

村里的赛车场和老师说的一样，气氛相当温和，简直让人感觉不到这里是赌场。

村里借了神社的一角，造了一个小赛车场。赛车场恰好被杉树围在中间。望着在茂密的绿叶中时隐时现的鸟居和灯笼的影子，这颗沉浸在纸醉金迷的现实中的卑贱之心，也稍稍得到了安慰。

赛车场虽小，但对这个村子来说，这几天举行的是一年中仅有一次的大规模比赛，所以全国的高手都集中到了这里。老师还是老样子，在看台上睡着了，阳光照在他的身体上，脸上没有一丝痛苦的神情,看来是在甜美的梦境里。

我想起了老师在上野站的站台上说的话:

"讨厌的工作暂告一个段落,这次可以堂而皇之地踏上'博弈之旅'了。"

老师说话时的姿势像不动明王那般威武,我不禁觉得十分滑稽。

老师所谓讨厌的工作,指的是写那个精神病人的故事吗?

去年年底,在从立川赛车场回东京的途中,我听老师说起过那个精神分裂症的故事。

写这样的小说,是不是也让老师自己变得精神异常呢?

怎么可能不变得异常……老师一定每天夜里都在和噩梦搏斗。

即使到了这种程度还要写小说,理由究竟是什么呢?我当然不会明白。

我看了一下在看台上睡觉的老师,他依然睡得很香。

有时,那些认识老师的人见到他这样的睡姿,便如同发现了什么珍宝,与同伴交头接耳地议论。

在赌场上的好处就是不用特别顾虑有什么人在场。与人纠缠不清的不是酒鬼就是瘾君子,但他们也不会在这种地方闹事。即便有人没事找事,也没人理睬。数以千计的人神经只集中在一点上,就是赌博这个游戏。这种状况犹如一大群男人站在被水淹至膝盖的沼泽中,捕捉跳出水面的猎物。猎物中既有大鱼,也有小鱼。就在自以为抓到的一瞬间,猎物吱溜一下从手中滑走。尽管这样,人们一到时间便又重新摆好架势,一个接一个地跳到水中。在有些人眼里,没有更愚蠢的事了,但不可否认想捕捉到什么东西的行为刺激着人身上与本能最接近的部分。长期沉湎于赌博的人,无论面对潜在混水中的鱼还是跳出水面的鱼,就连用手去捉鱼这件事都觉得越来越虚幻。

每个人推测着十五分钟、三十分钟后即将发生的事，描绘出一幅蓝图，为了这幅蓝图不惜一掷千金。如果说这是一种游戏，也的确是那么回事，但我还是觉得，这种事与人们平时那些行为并没有多大差别。

"现在是第几场比赛？"

老师终于睡醒了，坐到了我身边。

"第十场。还剩下两场。"

"第五场谁赢了？"

"第五场有点乱。"

"什么？真的？"

"嗯，大热门摔出跑道了。"

"难道中部线①赢了？"

"是的。您看好他们吗？"

"嗯。我去一下洗手间。"

老师将竞轮报搁在座位上去了洗手间。看台上的风一吹，报纸飘起来，我赶紧用手抓住。报纸上用红铅笔画了很多记号。仔细看去，除了红铅笔，还用圆珠笔很详细地标上了准备下注的选手。

原来昨晚老师已经研究过了。

在过去的旅行中，我从来没有见老师这么做过，看来老师对这趟"博弈之旅"充满期待。

我把目光转向第五场比赛，老师猜中了其中一个选手。既然那样，老师为什么不让我叫醒他呢？我本打算在老师昏昏欲睡之前提

---

① 比赛中由二至四人组成的团队称为OO线（OOline），他们大多由同门、同乡、同地区或赛车学校的同学组成，中部线由爱知、岐阜、三重、富山、石川五县的选手组成。

醒他有没有要下注的场次,但忘了问,瞬间觉得自己很对不住老师。

老师回来后稍微说了几句遗憾的话。大概他刚才去看场内的比赛结果表了。

"赔率很高。应该怎么说呢,究竟是把没买成看成损失,还是把第一天预测成功看成收获?有点难度。"

"应该看成一种收获吧。"

老师听我这么说,开心地咧嘴笑了。他门牙上缺了一块,看上去十分可爱。

"咦,老师,您左边的门牙缺了一块?"

"嗯,你注意到啦?几天前吃水果糖硌掉的。我的牙已经不可救药了。小时候牙齿好得很。"

"是健康优质儿童?"

"对对,还拿了奖状。"

"了不起。"

"是啊,那时觉得自己很了不起。"

"牙齿得治好才行。"

"想是这么想,K先生也给我介绍了不错的牙医,可让K先生的朋友看我这口可怕的牙齿,不也挺失礼的吗。所以我想在去找那个牙医前,找个地方先把牙齿治一下。"

"哈哈哈哈。"

我忍不住笑了,老师也跟着笑起来。这件事我从K前辈那里听说过。

"有这种名字的温泉?"

从赛车场出来坐上出租车后,老师问。

"有啊。第一次听到时我也很吃惊,从没听说过观音寺温泉。觉得和四国赛车场那个地方的街名相同,挺好玩的,所以就决定带您去那里。"

"有这样的缘分不容易。"

出租车在村中的街道上行驶了一会儿,前方出现了一座大鸟居,不久便上了有坡的山路。

枝叶嫩绿的树木十分漂亮,草香的气息扑进开着的车窗。

"好漂亮啊……"老师感叹了一句。

老师视线前方,灌满水的梯田在阳光下散发着耀眼的光亮。一排排稻田犹如镜子般反射着阳光,光线重叠在一起,构成了纵横交错的棱镜般的景致。

"确实很漂亮。"

"稻田真棒啊。"

"是啊,要开始插秧了。"

"……"

出租车拐弯之后,老师还是回头去看稻田。

穿过一片杂木林,便抵达了山脚下丛山环抱的旅馆。层层叠起的石垣犹如房屋的地基,民宅和旅馆建在那上面。

"这里好像要塞。"

"真的呢。"

"这家的男人会打枪……东京的猎手也经常来。"出租车司机说。

我和老师对视了一下。

司机按了下喇叭,没有人出来。过了一会儿,从里面出来一个围着头巾、穿着劳动裤的老婆婆。

"呵,那婆婆精神好着呢,今年都九十五岁啦。"

"哦!"老师惊叹道。

我们下车和老婆婆打招呼。

"刚才源头那里的水管漏了,去看了一下,你们快上来吧。"

出租司机果然说得没错,老婆婆说话时底气十足。

老婆婆目不转睛地注视着老师。我也习惯了。和老师去什么地方,第一次见到他的人经常带着发现了奇特东西的表情看着他。

这常常发生在对方是老人、地点比较偏僻的场合。每当遇到这种情况,老师便低头沉默,直到对方不想看了。那种时刻那些人独特的表情和老师困惑的神色,我不知道该如何解释,总之经常遇到这种事。

也发生过完全相反的事情,有人见到老师的瞬间,表情一下子放松下来,变得很开心。一看就知道这种人很喜欢老师,情绪亢奋。

"我去去就来。"

老婆婆说着消失了。我们走进玄关。老婆婆搬了一个木桶从里面出来。

"先洗下脚吧。"

我和老师对视了一下。两人以前也住过不少旅馆,第一次遇到搬个水桶出来让我们洗脚的旅馆。

"帮你洗一下吧?"

老婆婆看着老师说。

"不不,我自己洗。"

老师在玄关的地板框上坐下,脱下鞋子。老婆婆看了我一眼。我也在老师身边坐下。

"像过去的客栈。"我说。

"像黑店。"老师笑着说。

外面有车停了下来。

"啊,老板娘,多谢了。"

一个身材不错的女人出现了。身后有个穿长靴的男人拿着车钥匙也跟进来。男人一脸苦笑地说,又让人洗脚。

我和老师住两个相邻的房间,虽说各自有门,但中间的隔断不是水泥墙,而是板墙。

墙上很多地方有污渍,榻榻米上也四处起毛,有烧焦的痕迹。把老师带到一家破落的旅馆,我觉得太失礼了。

"没关系吗?"我问老师的感受。

老师坐在窗户附近,指了一下窗外。

我走近窗户向外望去,陡峭的山谷间,郁郁葱葱的树林后面能看到一排排梯田。迟迟没有落下山去的阳光,给梯田染上了一层金黄色。我被眼前梦幻的景色吸引住了。

"真漂亮。"

老师也站了起来,走近窗户。

"嗯,能让人静下心来。"

我们注视着眼前的美景,看了一段时间。

晚饭在地下室吃,我们和其他客人一起用完餐后回到房间。

这次旅行老师没有带工作来,所以看上去有点无聊。

也许老师想打麻将。但在这样的山里,不可能有麻将馆,于是我们决定回房休息。

我有点累了,所以一躺下便睡着了。

好像听到有人喊叫的声音,我醒了过来。

夜色中,我用耳朵仔细辨别是什么声音,但就那么几声,然后什么也听不见了。

难道是幻听……

我正要闭上眼睛,忽然觉得地板在轻轻摇晃。

地震?我睁开眼睛。

地板确实在摇晃。我打开枕边的电灯,没错,地板在晃,我听到了摩擦的声音。是什么?

我起身向声音传来的方向走去,原来是从老师的房间里传出来的。

老师在房间里踱步。

我看了一下表,现在是夜里三点。老师怎么了?

由于是老房子,所以老师在房间里踱步的震感通过地板传到了我的房间。

我还听到了很轻的类似口哨的声音。仔细听了听,那不是口哨,而是老师的喘气声。

老师打麻将时或者向骰盅里投骰子前有个习惯,爱噘嘴吸上一口气,然后像吹口哨似的轻轻地吐出来。这样有时就会发出像吹口哨一样的声音。

我想象着老师的表情。不过,这个时间在房间里来回踱步的老师,身影一定很可怕,所以我连想都不敢去想。

老师的喘气声时大时小。

是不是该去看一下?就这样犹豫着该怎么办,半个小时已经过去了。

老师做过大手术,所以不能奔跑。他除了能在拥挤的人群中巧妙穿梭,稍微爬几格台阶都会气喘吁吁。可现在他已经在房间里来回走动半小时以上了。怎么想都有点反常。

我起身穿上浴衣,走出房间敲响了老师的门。

没有反应。

我又敲了几下，还是没有反应。

究竟怎么回事？我寻思着，就这样什么都不做回房间吗？

我还是压低声音问道，老师，您没事吧？

依然没有反应。我想象着房间里可能会发生的事情，变得紧张。

我站在门口。突然，房间的门把手发出响声，转动起来。

房门轻轻开了，不过只开了一条门缝就停住了。

"老师，是我，三郎。"

房间的灯暗着，老师应该就站在那里，可门只开了一条缝。突然，门关上了。与此同时，咔嚓一声上了门锁。

房门发出刺耳的声响，仿佛要把所有的一切拒之门外。我身体僵直地站在门口。回到房间后，来自老师房间的震动停止了。

我不知所措地呆坐在被子上，一动不动。

直到天亮都没有再听到任何声音。

我被走廊里的脚步声惊醒了。

看了一下表，已过了七点。我不知道自己什么时候迷迷糊糊地睡着了。

有人在招呼别人干活，旅馆开始打扫房间。

我打开窗户，看见了眼前的杂木林。杂木林的背后是一层层梯田，晨间的阳光照在稻田上，闪着黑幽幽的光。

我想起了昨夜的事情，把头探出窗外观察老师房间的动静。窗户开着，老师已经起来了。

我敲了几下老师房间的门，没有反应。打扫走廊的女人告诉我，老师已经起床去楼下了。我也下了楼。

"看到和我一起来的人了吗？"我问女主人。

"他说去后山散步,已经出去了。"

她用手指了指,我也向后山走去。

旅馆的背后是山麓,三面被杂木林包围着。

几只放养的小鸡在四处啄食。我左手边有一座老式的农家院落和一栋新房子,可以看到楼后的鸟居。老师就站在那儿。

老师打算出门吧,身上穿着外套。他抽着烟,烟雾向树林中飘去。

"早上好。"我向老师打了个招呼,老师笑着扬了扬手。

"您这么早起来了。"

"嗯。"

"您吃早饭了吗?"

"没呢,在等三郎君你。"

"那太过意不去了。"

"呵呵呵,骗你的。睡得好吗?"

"还,还行。"

老师好像不记得昨夜的事情,看来不用担心。

"三郎君,这是什么果实?"老师抬头望着高耸的大树,指着它的果实。

"是枇杷。"

"哦,原来是枇杷。"

"我摘一个下来吧。"

"可以吃吗?"

"应该可以吧。"

我取下靠在房檐上的竹竿,伸向果实,但够不到。

"那样不行啊。"

顺着声音回头看去,身后站着昨天见到的老婆婆。

"等一下。"老婆婆说着,转身冲着那栋新房子叫了一声什么人的名字,她的声音很高。

"嗓子不错哦。"老师有些钦佩地说道。

"出租车司机说她九十五岁了呢。"

"是啊。"

从新房子里走出一个身穿运动服的男人。

"你帮他们摘些枇杷。"老婆婆说。

男人一脸不耐烦,走到老房子后面,取了一根铝合金的杆子回来,杆子最上端有一把剪刀。他爬上石垣,仰面朝天,摇了摇树枝,很轻巧地将枇杷的果实和树枝一起剪了下来。

在树下守着的老婆婆将两枝连着树枝的枇杷送到我们跟前。

老婆婆扯下几片叶子,小心地扎在一起。这个我要了,她说。

"是要煮水喝吗?"老师问老婆婆。

"可以入药。"老婆婆回答。

"可以退烧吧?"我说。

老婆婆点了下头,将扎在一起的树叶交给正从石垣上下来的男人。

"这不是大麻。"男人笑着说。

听了那人的话,老师也开心地笑起来了。

"你吃过了吗?"老婆婆问男人。

"不吃。吃饭太麻烦了。"

"说什么蠢话,哪有不吃饭的人?"

"不就在你跟前吗?哈哈哈哈。"男人对着我们大笑。

老婆婆一脸怒气地回老式院子里去了。

"瞧,又生气了。哈哈哈哈。"男人又对着我们笑开了。

"你们来玩竞轮?"男人看了我一眼。

"啊,是啊。"

"有个大赛吧?"

"对啊。"

"真有人来玩啊。喝饮料吗?"

"啊?"我没听懂男人在说什么。

"喝饮料吗?比早饭有营养。"

"喝。"老师很干脆地答道。

那天,在赛车场里,老师没有睡觉。

从第一场比赛开始,老师先在离铁栏杆最近的地方看选手介绍,然后去电视屏幕那里看预测的赔率,还亲自跑去买车券。

我还是第一次见到这么有活力的老师。

"干劲十足啊。"

"嗯。大概是那饮料的缘故。"

"您喝了?"

"嗯。"

男人从家里取来两瓶饮料给我们。

"我收藏的。喝了会很有劲的。拿去吧。"

"啊……"

我们手里拿着瓶子回到旅馆时,被女主人看到了。

"那个瓶子,是那小子给你们的吧,请扔了。喝了以后会不舒服的。"

我一听女主人的话便想拿过老师手里的瓶子,老师把手往里缩了缩。

"还是别喝了吧。"

"好的。"老师嘴上答应了,却还是把饮料喝了。一和药扯上关系，他就变得格外执着。

老师看着赔率预测表。

"没事吧？身体。"

"嗯，那里面有一些兴奋剂的成分，有种特别的气味。"

我没弄明白那是什么东西。

到了中午，我们去了赛场里的饭店。

"老师。"里面的座位上忽然有人大声喊道。

抬头望去，有四五个男人正起身向老师挥手。他们走到我们跟前，老师开心地笑了。

"呀，您来啦。事先告诉我们的话，就让主办方帮您安排一下了。老师，我来介绍一下，这位是从春日部来的××先生，他在那里经营一家很大的房地产公司。"

被介绍的男子见到老师，显得很兴奋。

"竟然能见到老师，我实在太激动了。"

男子伸手握住老师的手，摇了好几下。我觉得很理解那几个人的心情。

"老师，好久不见了。"

一个头上有些白发的短发男子毕恭毕敬地向老师鞠了一躬。

"哦，××，好久不见了。"

老师显然也很兴奋。

"那个××上的连载，写得太好了。今天在来这里的火车上，我还和这家伙说起呢。您计划写到什么时候？"

"这个月就完了。终于解放了，这样才出来踏上'博弈之旅'了。对了……"

老师把我介绍给大家。

"老师,您在哪里看比赛?"

戴眼镜的男人忽然问道。

"我在三区。"

"别在那里看了,来我们的座位吧。新的看台,而且是最上等的座。还有信童。对了,已经退役的××选手也来了。他说想见您,一定会很高兴。"

那个男人拉起老师的手就要带他走。老师看着我。

"您去吧,我还有要去的地方。"

"啊,是一起来的吧?你也来呀。"戴眼镜的男人说。

"不了,我还有事。"

"是吗……老师,您在弥彦住哪里?"

"哦,离这里不远。"

"提前告诉我的话,就让他们安排您住进岩室温泉的好酒店了。对了,现在也来得及吧。那里有乡村艺伎。艺伎哦,很有意思。"

"那是女侍者好吧。"

有人说,大家都笑了。

"三郎君也一起去吧。"老师说。

"我正好有点事。最后一场比赛结束后,我在看台上等您。"

"哦……"

老师和大家一起走出饭店。

说有事其实是托词,那些人中有老师工作关系上的人,所以我觉得还是不打扰他们为好。我认出了刚才一直没有说话的某编辑。

他就是在银座的酒馆里发火的那个人。时间记不太清楚了,那天他骂道,你们这些家伙缠着老师,老师无法工作啦。

我在餐桌边坐下,眼前是老师吃剩的猪排饭。

真少见哪，竟然没吃完就走了……我寻思。

我和老师，还有一群男人坐在花落后长出新叶的樱花树下。
月亮正升向天空。
老师吃着出门时老婆婆让我们带上的篮子里的鸡肉。
我将浊酒从一升的大瓶子倒进碗里，喝了起来。
背后的杂木林中传来山鸡的叫声。眼前的稻田不时传出水珠弹起后又落下的声音，应该是鱼在跃动吧。
"鱼，啊——在不停地跳……"
我听到了男人的歌声。老师和着歌声的节奏，晃动着他高大的身体。
"夏日时光……"
男子的声音忽然变得又高又尖，从背后杂木林中传来的山鸡的悠鸣声也瞬间乱成一团。
怎么回事？大家叽叽喳喳议论开了。
难道是……我没有回头去看。我不敢看。
好可怕。男人的嗓子变得更加尖厉，我害怕得不敢去看。
歌声和节奏都渐渐地快了起来。一会儿，歌声飘远了。
此时，耳边隐约听到了车轮声，还有打鼓的声响。
我咬住嘴唇。
难道……我放在膝盖上的手紧紧抓住裤腿。
车轮声越来越大。幻觉开始发作。
我抬头远眺梯田对面的山头。医生告诉过我，此时最好一动不动地眺望能看到的远景，比如天空和大海。
我看到了月光清晰地勾勒出来的山头的棱线。凝神眺望，视野的上方有一团忽隐忽现的亮光,那是原本高挂在空中的月亮在上下疯狂舞动。

隐隐听到的鼓声越来越清晰,梯田里一驾驾带篷马车飞奔而来,车轮声和马蹄声轰响。

我不能坐以待毙。

可是我越着急,越觉得马车的包围圈在缩小。我开始颤抖,浑身起满了鸡皮疙瘩,额头上的汗珠纷纷滴落。

包围着我的马车逐步逼近。一辆马车从我眼前掠过,我急忙闪开身子。紧接着一匹马从身后越过我的头顶,我赶紧缩回脖子,趴在原地。抬头望去,脸上涂满白泥的印第安人骑在马上,正高举斧头迎面飞奔而来。

他的目标是我。我趴在泥水中,惊慌失措地东躲西藏。

接着,一辆马车伴随着巨大的车轮声,向我突袭而来。

周围没有可藏身的岩石和灌木,我浑身颤抖着,手脚的肌肉都变得僵硬。

"救命——"

我喊了起来。

我明白即使大喊也不会有人来救我,但每次发作时都会大喊。

"救命——"

我就像一只丧家犬在泥水中仓皇逃窜。

我趴到地上,感到埋进泥水中的手被什么东西轻轻抓住了。我条件反射般将手往回缩,触感又蔓延到另一只手,两只手都被包住了。

十分温柔的触感。

手被轻轻提起,我抬起头,月光下出现了老师的脸庞。

"别害怕。"老师说,"不用害怕,他们都走了。"

"……"

我一句话都说不出来,只是点了几下头。

随即,我昏睡过去。

醒来之前,我感觉自己走了很长的路。

我记不清了。那是一个充满阳光的地方,我走在一条很高很高的路上,即使沿着山脊也走不到那么高的地方。我被别人牵着,不知道牵着我手的人是谁。我觉得是弟弟,所以开口招呼他。

"最近在忙什么?"

"嗯,就那样。"

弟弟还像过去那样,回答得干脆利落。我没有问他这条路通向哪里、为什么我们一直在走路,似乎这是一条我们必须走的路。

没有风,也没有鸟鸣声和其他东西发出的声音。我们走了很长时间,既没有遇见谁,也没有遇到任何事。途中也没有觉得厌烦,只是一味地走着。

我并没有什么特殊的感觉。

一定有一天,会走在这条路上……

内心某个角落非常奇妙地认可了这种感觉。

也可能我从来就没有这么想过,只是被人牵着手在走路。没有不安,但也不感到安心。道路就在脚下,只是一直在走……

我醒了。眺望着视野中漫天的璀璨星星,又想起了刚才走过的那条路。

一颗流星从西向东无声地划过天空。

我听到了人的声音,说话声和笑声交织在一起。

是谁在说话?

由于才醒来,没有立刻明白过来身在何处。我将两只手举到眼前,上面那些干巴巴的东西好像是泥。

手为什么脏成这样?

又听到了笑声。有人在不停地说话,很熟悉的声音。

是老师。我抬起身子,看见老师坐在路边和另一个男人在喝酒,他们身下铺着草席。

环顾四周,是正在灌水的一望无际的稻田。围着稻田的杂木林连成一片。

想起来了,这里是弥彦。

我明白了自己所处的位置。老师看着我。

"呵呵。"老师笑着举起手来。我重重地点头施礼。

"哦呵,你醒啦?"男人说。

是住在旅馆对面房子里的男人。

"来喝一杯吧。"

我顺着男人的视线看着老师,他盘腿坐在草席上,向我轻轻点头。

过来喝一杯吧。是这样的表情。我想站起来,这才发现自己浑身是泥。

发作了,我又发作了。

可现在没有头疼,没有发作后让人心情沉重的疲惫感。

我想起自己在泥水中仓皇逃窜的情景。那些被车轮和马蹄踏破大地的恐惧消失得无影无踪,老师和那个男人坐在皎洁的月光下若无其事地对酌。

我凝视着双手。

我看见老师的大手轻轻握着我的手。

"别害怕。"

我想起了老师的话。

"不用害怕,他们都走了。"

老师温和的眼眸凝视着我。

我又环视了一下四周。夹着草香气息的风吹过,传来了山鸡的啼鸣声。

我终于摆脱了幻觉……

迄今为止尝试过多少次,一次都没有逃脱。这次成功了,我感到兴奋不已,同时又有些不安。

"喂,过来吧。"男人说。

"好,好。"

我走到路边仅有的一块开阔的空地。

"睡了那么久,做了什么好梦?"

"没……"我挠了挠后脑勺,老师眯着眼睛看着我。

我不敢正视老师的脸,不知道怎么感谢老师才好。

我坐在两人中间,男子拿起一升装的浊酒往碗里倒酒。

"先来一碗。"

我接过男子递过来的碗。

"谢谢。"

我对着男子和老师举了下酒碗,一口气喝了下去。也可能是口渴的缘故,酒一入口便渗进了胃里。犹如身体里的一根刺被拔出来了那样,我的心情格外爽快。

"哈哈,喝得真豪气,再来一碗。"

男子把酒瓶递给我。

"那就再来一碗。说好了,就这一碗。"

"别谦虚啊。您说呢,老师。"

他不知什么时候也开始叫起老师来了。大概我睡着的时候,他和老师谈了不少。

他往老师的碗里倒上酒,又开始唱起歌来。

"乔治亚、乔治亚、乔治亚,我心中的……"

他的声音很沙哑。之前没有注意到,这人的歌声中隐藏着哀愁。

老师似乎很喜欢他唱的歌,双手捧着酒碗,闭上眼睛,和着节奏摇晃上半身。老师和男子,还有我,被插秧前正在灌水的稻田围在中间,夜风从我们身上轻轻地拂过。

月亮在空中发光,我们向梯田望去,处处都出现了"田每之月"的幻境。

"你是在哪儿学的爵士乐?"男人唱完歌,老师问道。

"新宿。谈不上学,我连乐谱都不会。"

"学歌最好的方法是用耳朵。"

听老师这么一说,男人有些不好意思。

"我和一个创作型歌手同居过,她是有黑人血统的混血儿,挺不错的女人。"

"那种人天生节奏感强。"

"她死了。吸毒吸得太厉害。年轻不知道节制,留下的只有喝醉后想起的这首歌。不过,也很久没唱了。"

"是这样啊……人的记忆真不是个好东西。已经忘记的事情,因为某个契机一下子就想起来了。"老师说。

"说得没错。您可能听旅馆的老板娘说过了,我老婆和两个孩子半年前死了。油罐车从正面撞上她们,当场就死了。老妈让我先在家里待段时间,所以这样先待着……"

他停下来喝了口酒。我万万没想到他居然出了这么大的事。

老师一直注视着自己的手。

"不说没劲的事了。你,没事了吧?"他好像也注意到我刚才发作了。

"没、没事了。给各位添麻烦了。"我朝男人点了下头,朝老师鞠了一躬。

"没有的事。"

"嗯,没有的事。"老师说着点了点头,看了一下男人,"凡事都有命,顺其自然就好。"

"对对,老师说得没错,凡事都有命。我们再喝一点吧。"男人举了一下浊酒瓶。

"喝得肚子有点胀了。"

"是吗?要不我去拿威士忌吧?"

"不了,也喝不了了。"

"这个浊酒真不错……"

"这个酒看上去有点危险。"老师笑着说。

"我有好东西。"男人解开上衣扣子,露出一条腰带,从腰带里取出一只很小的白纸袋。

"比早上的饮料还管用。"他从纸袋里取出药丸,放在掌心,拿起一颗放进嘴里。

他嘴里含着药丸,声音含糊地说:"怎么样,不用客气。"

他送到老师跟前。老师向前探了探身子,凝视着他手里的药丸。

"很少见。"

"知道是什么吗?"男人有点炫耀地问道。

老师粗粗的手指伸向药丸,抓起一颗,干脆利落地放进嘴里,咕嘟一下吞了下去。

我吃了一惊。原以为老师会先鉴定一下药丸，没想到他毫不犹豫就吞到了肚子里。不会有事吧？

老师像个调皮的孩子那样舔了舔舌头，歪着头，好像在等待身体的反应。

"嗯，感觉很不错。"

"真的吗？那太好了。怎么样，大哥？"

男人将手里剩下的药丸送到我跟前。

"我就不了……"

"三郎君，这是上等品，感觉不是很强烈，过后好像也不会头疼。"老师说。

"您很懂行。"

我从男人的手中取过药丸，送到鼻尖底下细看，白色和粉红色相间的药丸看上去很漂亮。老师为什么对这种东西那样痴迷？

老师和那个男人似乎都在等待药物反应似的，安静地闭着眼睛。

过了一会儿，老师和男人聊起了在我听来非常无聊的话题，互相指着对方，对视着笑个不停。

男人"哈哈哈哈"大笑，老师也"哈哈哈哈"回应；老师"嘻嘻嘻嘻"嗤笑，男人也跟着无聊地"嘻嘻嘻嘻"。看着他们，我明白那是刚才吃下去的药丸的反应，但觉得即使没有那颗药丸，两人也已经气味相投了。虽然两人也不时和我说几句话，但我似乎从他们的视野里消失了。

男人笑得在地上打滚。他抱着肚子，做出不要再笑的手势，又忽然翻了几下眼皮，吐出几句话。听了他的话，老师又开始笑得浑身打颤。我竖起耳朵仔细听他们说些什么，但听不清楚。他们的听觉一定变得十分灵敏。而且，两人的话题犹如枝叶般不断延伸。有时进出一些下流话，笑得无法克制。

我没有吃男人给我的药。在过去的经历中，我明白这种药与自己的体质不合。越是别人说有用的药，到了后来越让我产生疲劳感，甚至不止一次地打过人，也许这是对自己厌恶到极点时的逆反行为。

我有一种被抛弃的感觉，变得不知所措。

刚才笑得停不下来的男人忽然沉默了。老师也闭上了眼睛。

犹如舞台落下了帷幕，这里笼罩着一片寂静。

月亮已经转到西头，"田每之月"像一条条长带子在晃动。

"浑蛋！"男人猛地狂叫着站起来。

我吃了一惊，抬头望着男人，老师也睁开了眼睛。

男人一脚踢翻了脚边的酒瓶和碗，捡起盘子向稻田扔去。我赶紧插到男子和老师中间，生怕他伤及老师。

"浑蛋！"男人更大声地叫道。他脱下上衣甩到地上，旁若无人地跑到稻田里，把内衣也脱了下来。他一蹲下，就立刻两手抓起稻田里的泥巴，举过头顶，嘴里叫喊着什么，将泥巴摔在田里。

稻田泛起一层涟漪，月亮的倒影晃动着，变成一片片碎银。

男人脱掉鞋子，扔进稻田，又脱下裤子向上甩出去。他两手插进田里，抓起泥巴往外扔。

"×××！"男人叫着一个人名。

那是一个女人的名字，随后他又叫出不止一个名字。他每叫一个名字，便从水底捞起一把泥团，使劲向外扔去。老师和我站在田埂边，望着男人。

我不知道该怎么办。男人的叫声直刺我的心肺，我的鼻子也酸了。过了一会儿，他的叫声变成了哭声。"哇——哇——"的哭声一响起，他用双手猛然掐住自己的脖子。

我看了一眼老师。老师迅速脱掉上衣，光着上身，摇晃着高大的身体跑进稻田，从背后一把抱住男人。

男人的哽咽声和老师的说话声混杂在一起。这种声音，很像刚才的笑声。

我想，老师一定在想法让男人振作起来。

男人想要甩开老师，老师紧抓着不松手，姿势看上去好像狗熊交尾一般。男人转过身，两人相拥在一起，我这才听清了老师和男人的哭声。

望着两人，我也情不自禁地哭了出来，跟跟跄跄地跑进稻田。

我走近两人，忽然听见笑声传来。

哈哈哈哈，他们大笑着，就地蹲下来，互相对视着笑个不停。

老师两手拍打着稻田，泥水飞溅起来，溅在他和男人脸上。接着，男人也像他那样猛拍稻田，发出巨大的响声，泥水甚至溅到了我身上。

两人犹如婴儿洗澡般在水中嬉戏。

老师向站在一边的我招招手，示意我过去。我脱下外套和鞋子，走到两人身边蹲下。

泥水温和的感觉传到下半身，很舒服。我也笑了，学着他们的样子拍打泥水，接着从水底抓起泥团，使劲向外扔去。

好爽！我更起劲地拍打泥水，老师和男人也开心地一遍又一遍重复那些动作。

突然，男人站起来。他指着高挂在西天的月亮。

"哟伊西噢、啊拉、哟伊西噢……"

随着充满气势的喊声，他像跳民族舞那样两手向右、向左伸了出去——哟伊西噢、啊拉、哟伊西噢——两脚右左、左右地移动。他脸上充满微笑，轻巧地舞动身体。太棒了。

哟伊西噢、哟伊西噢哟、哟伊西噢……他前进几步又转过脚跟，跳向老师和我，舞姿格外柔美，还不时地扭动胯骨。

男人跳着，褪去了内裤。老师也脱去内裤。我裸露全身，和着"哟伊西噢、啊拉、哟伊西噢"的喊声跳了起来。

三人面对面地大笑。男人做出滑稽的表情，用手支住脸蛋，老师和我也噘起嘴唇，做着怪相。男人变得心花怒放，一会儿扮出一张被压塌的怪脸，一会儿又做出一本正经的表情。

明明只是和着喊声，我的耳朵却似乎听到了节日的歌谣。

抬头望天，月亮在西边犹如受到惊吓似的，摇摇摆摆地焕发着光芒，映在梯田上的月光像一条条锦绣的丝带微微舞动。月光下，老师和男人舞动着的裸姿美得令人神往。

青 森

我和老师约好在青森见面。

老师很少见地接下了竞轮采访的工作，与竞轮刊物的编辑先去了当地。

几天前，我从京都抵达东京，去 K 前辈那里拜访了一下。

在六本木的酒馆里，K 前辈问了我一些和老师去弥彦后的趣事。

"听说在弥彦的特别观众席上发生了有趣的事？"K 前辈饶有兴致地问。我告诉 K 前辈我没去特别观众席，所以不知道发生了什么。

"是吗，事情好像是这样的……"

我从不在场的 K 前辈那里听到了这个故事。

老师与过去相熟的一些朋友和编辑，在弥彦赛车场的特别观众席上观战。

特别观众席设在一个视野非常好的位置，不但可以清楚地观看比赛，而且不会像普通观众席那样受到夏日酷暑的蒸烤和冬日寒风的吹拂。再加上不用自己去广场上购买车券下注，每个房间都有一个当信童的女孩守候着，只要把现金装进一只印有投注表的信封里就行了。如果买中了的话，信童会跑腿去兑换现金。

那天,最后一场比赛刚结束,老师和同行的一群人都没有买中,大家正准备离开。信童手持装着兑换好的现金的信封进来了,她说着恭喜您,将信封交给一个男人就离开了。大家吃了一惊,注视着那个人。男人仔细一看,原来是信童搞错了,把其他客人的兑换金放下走了。大家看了一下信封,里面装着不少现金,便兴奋起来,纷纷建议晚上用它来开个宴会,为这笔意外之财欣喜不已。

这时,老师忽然冒出一句话。

"这么一点钱,会伤害那个女孩一辈子,这也没关系吗?"

因为老师这句话,信封里的钱被还了回去。

"这的确是老师的为人。"K前辈津津有味地喝着威士忌,说道。

"没错,老师的为人的确如此。"

"我直接问过老师这件事。"

"哦。"

"你猜老师怎么说?"

"怎么说?"

"他说如果钱再多一点的话,还是可以考虑的。"

"哈哈哈哈……"我们一起笑了起来。

"《狂人日记》他写成书了。三郎君读了?"

"读了。"

"怎么样?"

"很吃惊。"

"只是吃惊?"

"有点害怕……不不,觉得有点可怜。"

"可怜?你是说主人公?"

"主人公,还有其他人……"

"就是说,老师也许就是那样。"

"我也这样想。"

"文学大概就是那样吧……"K前辈自语道。

"您说文学吗?我不太懂。"

"你不写小说了吗?"

"是的。认识老师以后,我觉得自己明白了不少。"

"哦?比如说……"

"写小说的人需要一定的天分。"

"你指的是才能?"

"才能肯定是需要的,还有一些最根本的东西……"

"但那不限于小说家呀。"

"是吗?"

"那也是社会的缩影吧。既有真本事的人,也有滥竽充数的,所以才有意思。"

从K前辈口中听到滥竽充数这个词,让我想起了在四国松山时的一件事。渔镇旅馆的老板请求老师在美工纸上写"雀圣"两个字,老师最终写上了"赝雀圣"三个字。

"老师可不是滥竽充数的人。"

"那当然。不过,老师本人呢?他自己怎么想?"

K前辈说着,将杯里的威士忌一饮而尽。

夏天过后,过去每年头痛定期发作时带来的焦虑消失了,幻觉也没有再发作。我并没有感到有什么特别的改变,但恐惧和焦躁的情绪消失后,身体也变得轻松了不少。

我在飞往青森的飞机中,想起了老师新书中的一个片段。

感觉自己成了精神病人的主人公,忽然说了这么一句话:

"我希望和别人相处,不想失去对人的善意。"

读到这一段时,我眼前出现了老师的身影,这一年半,我和老师去了很多地方旅行。

机舱内开始广播,由于大雾,飞机可能无法在青森机场降落,飞行途中将视具体情况而定,也可能返回羽田机场。

飞机在云中晃动着机身,尝试在青森降落。机舱开始剧烈摇晃,我闭上眼睛。

幸亏老师没有坐上摇晃这么剧烈的飞机,我想。

本应该着陆的飞机,机身突然朝上,又开始升空。乘客中有人低声叫起来。飞机左右摇晃着在空中盘旋。

能安全着陆吗?我发现自己的手心在冒汗。

我和老师约定分头赶往青森。老师说他从东京出发,先去见一下岩手县一关市的朋友,再去青森。由于和他约定了时间,我必须在青森下飞机。

在赛车场看台上的老师的身影,模模糊糊地出现在脑海里。

飞机又开始第二次下降,不一会儿,听到嘭的一声,终于着陆了。

窗外一片浓雾。走下舷梯,一股寒气刺进肌肤。我觉得与其说是秋末,不如说已经是初冬了。

我直接去了赛车场,没有见到老师。在场内各处寻找,饭店里、儿童游乐场边的长椅上都没有老师的身影。

应该和老师一起坐火车来的……

这样想着,我先出了赛车场,在大巴停靠站的周边找了一下。以前,在千叶的赛车场,老师坐大巴抵达停靠站后,睡魔突然袭来,便在车站的长凳子上睡了很久,我就是在那里找到老师的。我又转到赛车场的背后，还去了选手的出入口，没有老师的踪影。最后一场比赛结束后，我在看台上待了一会儿，也没见老师现身。

我开始担心，想给 K 前辈打电话。我边留意着已经没有了人影的赛车场，边向出口走去。看到了车券自动售卖机，这才想起自己今天一张车券都没有买。

我先用公用电话往预定过的旅馆打电话。

老师在那里留了言，告诉我明天上午去赛车场。

我放心了，同时又想，老师一定在中途某个车站迷路了。

当天晚上，我一个人吃了饭，还喝了酒。

从弥彦回来后，即使喝了酒，我也没有再出现严重的恐惧和焦虑，幻觉的症状完全消失了。我注视着杯子里的威士忌，心里后悔极了。老师给了我这么多帮助，我却没有和老师一起坐火车同行。

明天一早去青森站接老师。我这样想着，躺到了床上。

昏暗中，我望着天花板，一个人自言自语起来。

痴呆、大胡子、塌鼻子、小和尚、小气鬼、西班牙小鬼、船上乘客……这些都是老师小说中出现的各种男人的名称和职业。

如果自己也能看到老师脑子里的风景，该有多好。

能看到的话，一定会受不了……

我想着这些事睡着了。醒来时，天还没亮。

我本来打算去车站，但如果老师知道我没去玩竞轮而在车站等他，一定会过意不去。于是，我出了旅馆，望着那些早晨回家的醉鬼们，要了辆出租车去了赛车场。

"好早啊。"出租车司机说。我没有回答。

在还没有人影的赛车场，我下了出租车，走到停车场角落里的长椅上坐下，等待天亮。

我不知不觉睡着了,睡梦中好像听到了叽叽喳喳的鸟鸣声,被汽车喇叭声吵醒后,发现周围已经车水马龙。

卖报纸的女人看着我笑,我也朝她笑了一下。

已经这么热闹了,为什么没把我吵醒呢?

我从椅子上站起来,在从大巴上一个接一个下来的乘客中寻找老师的身影。

老师出现时已经过了正午十二点。他一只手插在口袋里,另一只手提着纸袋。

"对不起,没去接您。"

"不用接。三郎君,我有点事得去一下,麻烦你帮我看一下。"

老师放下纸袋,向来时的方向走回去。我提起纸袋,往脚边靠了靠,非常重。老师为什么提着这么重的东西来?

一个小时过去了,还不见老师回来。

老师是不是带人来了?

老师回来后,一直心不在焉地看着赛道上奔驰的选手,有些反常。

老师怎么了?

一会儿,他又开始东张西望。

"您在等人吗?"

我一问,老师吓了一跳,眼睛睁得滚圆地望着我,但什么都没说,轻轻地歪了歪头。

"没有身体不舒服吧?"

"没有,没有不舒服。"

"在火车上休息了吗?"

老师又歪了一下头。我仔细观察老师的脸,看上去很疲惫。他将纸袋提到脚边开始寻找什么东西。他确实很不安。

难道……我观察着老师的举动。

他又开始东张西望,一会儿眯起眼睛望着看台后面的山影。

一定是这样。一定是从刚才起,老师一直被火车追赶着。

该轮到我帮老师了。

我握住老师的手。老师吃了一惊,身体抖了一下。

我拉起老师的手,离开赛车场。上了出租车后,我告诉司机要去的旅馆名字。老师一直抓着我的手。出租车发动起来,老师似乎定下心来,开始睡觉。我望着老师睡着的神情,也放下心来。

第二天晚上,我们和竞轮报的记者一起吃了一顿热热闹闹的晚饭。

老师听着A先生说话,开始迷糊起来。他确实累了。我不知道是什么原因使得他这么疲劳。

今天老师还是将那个分量很重的纸袋一刻不离地带在身边。他还从纸袋里取出过一次唱片,盯着唱片套看了很久。

"是老唱片吗?"

"嗯,找了很长时间才找到的。"

老师说着噘起嘴往唱片套上哈了口气,用手擦掉上面的脏东西。

很重要的唱片。

那天晚上,老师同样很不安。

我开始担心,去了第二家小酒馆后,早早带老师离开了。

和昨晚一样,我握着老师的手回到旅馆,把他送进房间。

最后一天的比赛,老师终于开始下注买车券了。

中途,老师去买车券,但过了一个小时才回来。

究竟出了什么事?

决赛的最后一场,我、老师,还有我们两人合资下注的车券都没有买中。

"运气不好！"

"是啊。"

"回去吧。现在去机场的话，离起飞时间还有一个半小时。在机场的饭店我们吃顿安慰餐吧？"

"三郎君……"

"什么事？"

"你一个人坐飞机回去好吗？"

"我预约了两个人的机票，您还说了是用A先生公司支付的稿费。"

"那没关系。"

"您有事吗？"我问。

老师默不作声地看着地面。"不瞒你说，最近……我，有点背运。"

"啊？"

"嗯，怎么说好呢，有点运势不顺。和我一起坐飞机恐怕有危险，所以你是不是独自回去？"

"啊？"我望着老师，不知怎么回答。

"就是这个意思。说了一些莫名其妙的话，对不起。但为了保险起见……不好意思，三郎君，请一个人坐飞机回去吧。"

"那好，我也坐火车回去。"

"三郎君，请按我说的做。现在我们还是分头行动为好。请相信我。"

看着老师严肃的神情，我无法争辩下去。我把老师送到青森火车站，一个人去了机场，坐上了经羽田飞往关西的最后一趟航班。

我想起了在青森火车站看到的老师的眼神。那是被一双无法挣脱的手抓起的小动物那般可怜的眼神。无论是坐在机舱里还是在转机的候机厅里，我的心情始终无法平静。

新 宿

新年过后,二月,我去了内幸町的某个酒店。

不记得自己有多久没有穿夹克衫了。

老师的小说得了文学奖,我应邀去参加颁奖晚会。

几天前,在六本木的中国饭店,我、K前辈夫妇和I先生为老师举行了得奖庆功会。

看到K前辈夫妇高兴的样子,我也由衷地感到高兴。

"老师,今年秋天要不就用奖金去上海吃大闸蟹吧?"

"不行,那些钱已经全安排停当了。"

哈哈哈哈,I先生大声笑开了。

尽管老师的实力受到肯定完全在情理之中,但这次大家再度见证老师的实力,还是感到十分自豪。这个夜晚,大家都沉浸在幸福中。

我走进酒店,到休息室时,已经有几个人围在一起说笑了。其中有K前辈夫妇、I先生、寿司店老板、小酒馆老板、银座的老板娘……大家一个个兴致很高。

颁奖仪式结束后就是晚宴,会场上挤满了来宾。要给胸前佩花的老师道喜的人排起了长队。

我和 I 先生站在会场的一个角落里。

"好大的场面啊。" I 先生感动地说。

"是啊,太吃惊了。"

"三郎君……" I 先生望着远处的老师,像是自言自语般说,"我说,你也可以慢慢写,说不准也会有这么一天呢。"

"那不一样。"我说道。

他转过脸来看着我。"为什么?"

"我不可能有这么一天。而且,我已经对写小说死心了。"

"真的吗?"

"嗯。这两年,看着老师,我完全想明白了。我能认识老师真是太幸运了,很感激 K 前辈和你。"

"这一点我也一样。我说,我们差不多可以脱身了吧,在续摊之前到外面去喝一杯吧?"

"我也这么想。"

我和 I 先生两人去了新桥地下街里的酒吧。

"还是刚才的那个话题……" I 先生说。

"什么话题?"

"你写小说的事。老师称赞过你的小说。K 先生也称赞过。老师还说三郎君会重新开始写小说。"

我沉默着。

如果现在告诉 I 先生我的真心话,一定对他很失礼。我非常清楚,I 先生完全是为我着想。

"写书的人,不写书的人,好像就两种人。"

"什么……"

"我到现在还不太明白什么叫专业作家。如果说为了生计写作的话，那另当别论，但所谓专业作家应该不是这么回事吧。"

"啊……"

"你想啊，说为了生计，其实不是钱方面的问题吧？"

我没有参加续摊，和 I 先生分手后，去东京站乘上了新干线。

火车驶近静冈县时，看到了冬日夜空下富士山黑色的轮廓。

我脑海里浮现出第一次和老师外出旅行时火车经过富士山，老师低着头、满头是汗的情景。

我想起几天前在中国饭店庆功宴后，和老师两人一起去了新宿二丁目的酒吧。

"三郎君，能不能再陪我去一家酒吧？"

"没问题。"

"你熟悉新宿二丁目那里的酒吧吗？"

"啊？新宿二丁目？不是同志酒吧吗？"

"嗯，说得没错。不不，我没有那方面的爱好。当然，有的话也不是什么问题。哈哈哈哈。"

老师笑了。

"其实，为了写下一部小说，我要去看一下。"

"哦。什么样的店好呢？有很安静的，也有很喧闹的店。但我从没去过。女装店？或者不是女装店的那种？"

"不是女装店的那种。"

"明白了。"

我们去了朋友开的店。

在去二丁目的途中，老师告诉了我下一部小说的内容。这还是第一次。

"主人公过去一直像仆人那样侍奉被称为国王的人，某天，主仆关系突然来了个颠倒，原本活得很卑微的仆人变得趾高气扬……"

老师兴奋地说着。我稍微有些吃惊，但看着老师认真讲故事的样子，内心充满了喜悦。

一进店门，想不到老师受欢迎的程度简直令人忌妒。老师和一个接一个坐到身边来的人说话。大家也都很愉快地听他说。我也是第一次目睹这种情景。可能有点兴奋过度，老师忽然睡着了。

"啊哟，原来传说是真的。"

"真的呢。嗯，太有感觉了。老师太可爱了。"

"可爱死了。"

一个男人试图去亲老师的脸。

"行啦、行啦，别闹啦。"

我在老师身边坐下喝威士忌，直到老师醒来。

不时有人走过来说要在老师身边坐会儿。我笑着摇头，他们发火道：你这是干吗？你们不是一对吗？听着这话，我只管笑着，喝着威士忌。老师有时发出低沉的呼噜声，脸上的表情显然和在噩梦中挣扎不同。

在这个时刻我感觉到，老师接下来的那部小说中也许不是只有痛苦。这是我最后一次见到老师熟睡的幸福容颜。

香港·九龙

春日晴朗的午后。

鸭川沿岸开满了樱花。来往的人们脸上都挂着笑容,尽情享受着春天的美景。

告诉我老师死讯的是 N 君。

"刚才接到了老师去世的消息。"

N 君是出版社文艺部的年轻编辑。

早些时候,我从 K 前辈那里得到了老师病危的消息。K 前辈昨天来了京都,他一接到老师病危的消息,便和夫人一起急速赶到了老师入住的一关市的医院。

刚放下 N 君打来的电话,电话铃声又马上响起,是 K 前辈打来的。

"老师走了。"他的声音很低沉。

"知道了。"

"我现在和老师一起回东京。"

我沉默地听着。K 前辈激动的声音,让我确认了老师的死讯。

"听见了吗,三郎君?"

"听,听着。"

老师的死对崇敬他的人而言是沉重的打击。来给老师守夜的人都很疑惑，有的人则很悲愤。

K前辈异常激动。迄今为止我从没见过他情绪如此悲愤，这让我不得不接受老师已经死去的事实。我又一次明白了K前辈对老师的感情，每当听到他的声音，我总是感到难过。

I先生面无表情，样子十分吓人。

在信浓町的殡仪馆参加完葬礼后，我离开了东京。

老师的一周年忌辰仪式结束后，我和I先生两人去了老师在谷中的墓地扫墓。

墓地很简朴。扫完墓后，我们去了新桥的酒吧。

"有时想要回忆老师的事，不知为什么，怎么都记不起那些事来。"

说着，I先生的神情变得凝重。

"有时甚至想，哪怕老师变成了幽灵，也给我露一下脸吧。"

他低头盯着威士忌酒杯。

"……开玩笑而已。"

I先生的眼睛并没有笑。

这一年里我一直在想，和老师在一起的那些日子一定是个梦，但从没有要摆脱这个梦的想法。

我经历了弟弟的死、亲友的死、妻子的死，每当遇到那些和自己关系很亲近的人离去，我都会感到恐惧，深受打击，因此，我尽量不去想老师已经离开的事。

"就当不知道，就当不知道。"

我时常用老师的话告诫自己。

老师去世后的一年里，我又去了和老师在"博弈之旅"中去过的几个赛车场,但并没有产生特别的感慨。无论是钟声、车轮掀起的风声,还是观众的高喊声,和与老师相识前相比,没有任何改变,我下注,扔掉车券,离开狂风呼啸的博弈场,在小酒馆里打发一整晚,这是我与老师相识前就每天过着的生活。

如果说有什么不同的话,就是对那些不明真相的东西的恐惧、害怕,无法摆脱的被追逐的感觉,都消失了。

幻觉再也没有出现。

"不用害怕……"

有时我在酒馆里自言自语,看着自己的一双手,回忆这双手被老师满是泥水的手握住时温暖的感觉。

没有听我说话的人。

有时N君来找我,说起一些老师的事情。

把老师未发表的作品结集出版,N君,你花了不少功夫吧,我对N君说。每当谈到这个话题,我的脑海里都会浮现出老师在新宿二丁目的酒吧开心地和那些人聊天时的神情。但是,他的表情很快就化成一团雾气,消失得无影无踪,最后我连老师的睡容都想不起来。

N君每次离开时,都说同样的话:

"您不想重新开始写小说吗?"

我只是一味地摇头。半年前我就很干脆地告诉过他,你如果为这事来找我的话,只能是浪费时间。说了这话以后,我便不再多说什么了。

尽管如此,N君只要一有机会,就找借口来找我。

只有N君谈到老师的话题,我才能毫无芥蒂地把话听完。

"我也差不多该走了。"

"您要去东京吗?"

"不。"

"回老家？"

"不是。"

我没有可去的地方。

"您决定好了要去的地方，请一定要告诉我。"

为什么？我看着N君，N君一脸依依不舍的神情。

"只要能见到您就好。"他说。

我站在开往九龙的渡轮的甲板上，眺望着在眼前晃动的高楼。

海燕戏水般在水面上飞来飞去。

不知从什么时候起，只要见到虫鸟、花草或小动物的眼睛，我就会凝神注视它们，觉得它们仿佛要开口说话。

下了渡轮后，我按照工作人员写在便笺上的饭店地址，步行前往九龙的商业街。

耳朵里传来熟悉的声音，我停下脚步。小巷深处，闪着昏黄亮光的街灯下，一群光着上身的男人正在打麻将。我被吸引住了，心里生出想过去看一下的冲动，但看了看手表，又迈开步子。一个老友给了我这个失业的人一份时下很流行的制作广告片的工作，是为年轻歌手的新曲制作宣传片，我只要看着别人拍摄就行了。那天晚上是拍摄的最后一天，大家约好了一起吃饭。

我很快找到了饭店。这是一栋很老的五层建筑，我夹在送菜的服务生中间，从很窄的楼梯上了楼。每层都热闹非凡。

其他人一个都没到。恐怕拍摄时间拖延了，我决定边喝啤酒边等。我招呼服务生，很久没人现身。我又稍稍提高嗓子叫了一下。

一个男服务生擦着脖子上的汗跑了进来，一脸累到极点的神态。

他问我,人到齐了吗?要喝什么吗?不知他是不是新来的服务生,说话时显得很胆怯。但是除此之外,无论眼睛、鼻子还是嘴唇……他的五官和老师长得一模一样。

男服务生指着桌上正在冒烟的香烟。我赶紧准备去捡。可是手指抖动着,无法稳稳地抓住。我终于十分费力地抓起香烟,扔到了烟灰缸里。

"您想喝什么?"

他的声音听上去特别遥远。

"啊啊,请给我来瓶啤酒。青岛啤酒。"

服务生重复了几句青岛、青岛,转身离开。我叫了起来——

"你、你、你……"

我的声音越来越高。

服务生似乎被我的声音吓到了,眼神中流露出惊慌和胆怯,走出了包间。

"啊,你等等、你等等……"

我起身追去。男服务生的身影消失了。我问女服务生,刚才在这里的服务生去哪儿了?女服务生好像听不懂我的话,一味地摇着头。我打开通往厨房的门,厨师们站在那里忙碌着,每个人都回过头来瞪着我。

我回到包间,等着男服务生。

老师,原来您在这里。

我嘟哝着。

等了很久很久。

男服务生没有出现。啤酒也没有来。只有快要燃尽的烟头在冒烟。

我的眼泪如注般流了下来。

图书在版编目（CIP）数据

瞌睡先生/〔日〕伊集院静著；赵仲明译．－海口：
南海出版公司，2015.3
 ISBN 978-7-5442-7629-0

Ⅰ.①瞌… Ⅱ.①伊…②赵… Ⅲ.①长篇小说－日本－现代 Ⅳ.①I313.45

中国版本图书馆CIP数据核字（2015）第008832号

著作权合同登记号　图字：30-2014-176
"INEMURI SENSEI" by Shizuka Ijuin
Copyright © 2011 by Shizuka Ijuin
All Rights reserved.
Original Japanese edition published in 2011 by Shueisha Inc., Tokyo

This Simplified Chinese edition published by arrangement with
Shueisha Inc., Tokyo in care of Tuttle-Mori Agency, Inc., Tokyo
through Bardon-Chinese Media Agency, Taipei

瞌睡先生
〔日〕伊集院静 著
赵仲明 译

出　　版	南海出版公司　（0898）66568511	
	海口市海秀中路51号星华大厦五楼　邮编570206	
发　　行	新经典发行有限公司	
	电话（010）68423599　邮箱 editor@readinglife.com	
经　　销	新华书店	
责任编辑	翟明明　刘恩凡	
装帧设计	韩　笑	
内文制作	王春雪	
印　　刷	北京中科印刷有限公司	
开　　本	850毫米×1168毫米　1/32	
印　　张	8.5	
字　　数	197千	
版　　次	2015年3月第1版	
印　　次	2015年3月第1次印刷	
书　　号	ISBN 978-7-5442-7629-0	
定　　价	39.00元	

版权所有，未经书面许可，不得转载、复制、翻印，违者必究。